KB113558

아무튼, 술집

아무튼, 술집

김혜경

제천숲리소

차례

프롤로그

집을 떠나면 제일 그리운 게 집밥이라고들 한다. 길어야 고작 하루 정도 묵는 학교 수련회에 다녀올 때도 친구들은 배고파 죽겠다고 하소연을 늘어놓았다. 자취를 하던 대학 친구들은 너 나 할 것 없이 집에서 나오면 원하지 않아도 살이 빠진다고 했다. 그들은 멀리 있는 본가에 다녀올 때면 가방 가득 반찬을 짊어지고 돌아왔다. 학생 신분에서 벗어나 사회에서 제 몫을 하기 시작했을 때도 집밥 타령은 끊이질 않았다. 밖에서 아무리 맛있는 걸 먹어도 밥값을 생각하면 역시 집밥만 한 게 없다고, 직접 해 먹자니 복잡하고 까다로워서 또 집밥만 한 게 없다고들 했다. 집이 그립단 말과 집밥이 그립단 말은 어쩐지 동의어 같았다.

집이라고 해서 밥솥 안에 늘 밥이 있을 리 없었다. 밥이 있다고 해서 없던 반찬이 갑자기 생겨날리 없었다. 집밥이 그립다는 건 그 밥을 해주는 누군가가 있고, 그 누군가의 온기를 느낄 수 있단 말이었다. 유감스럽게도 내가 자란 집엔 밥도, 밥을 하는 사람도 없었다. 다만 그 자리를 아빠의 색다른 고군분투가 메웠다.

엄마가 집을 나간 날, 아빠는 앞으로 오직 자신만이 '부모'라는 단어를 대표하는 사람임을 증명이라도 하려는 듯 미역국을 끓였다. 소고기를 볶고, 자른 미역을 불려 넣고, 물을 넣어 팔팔 끓이고, 적당히 간 맞추면 되는 음식. 애인이나 어머니 생일상을 차리며 한 번쯤은 다들 시도해본다는, 친숙하디친숙한 그 요리. 문제라면 아빠가 그전까지 밥 한 번 안 쳐본 적 없는 가부장제의 수혜자였다는 점과 당시에는 백종원의 비책이 없었단 것이다.

　　그는 '요리 그까짓 거 하면 누구나 한다'는 식의 대책 없는 자신감으로 가스레인지 앞에 섰을 것이다. 교복 벗을 날이 한참이나 남은 자식들에 대한 부담감과 부채감을 쏟아내듯 냄비에 물을 부었을 것이다. 그리고 다시마와 미역을 구별하지 못했을 것이다….

　　아빠가 미역국이라 부른 그 국엔 푹 퍼진 면발처럼 부드럽게 목구멍으로 미끄러지던 미역은 없었다. 기분 나쁠 정도로 두껍고 물컹한 다시마만이 씹어도 씹어도 사라지지 않는 존재감을 과시했다. 그러거나 말거나 비싼 미역이라며 다 먹으라고 종용하는 아빠 앞에서 다시마를 다시마라 부를 용기가 없던 어린 나는 그냥 울고 싶었다. 그래도 참았다. 내가 울면 아빠는 분명 정체 모를 국 때문이 아니라 엄마가 집을 나가서 그렇다고 생각할 게 분명했으므로.

시간이 지나면서 바쁜 아빠의 요리 대신 훌륭하게 설계된 대기업의 즉석식품들이 집밥의 빈자리를 채웠다. 2분이면 충분한 즉석밥, 재료 손질 없이도 금세 맛있는 냄새를 풍기는 냉동 동그랑땡 같은 반찬들, 비닐 파우치에 담겨 판매되는 다양한 국들이 집 안에 차곡차곡 쌓였다.

아빠는 요리 솜씨가 좋은 여자친구가 생기면 한 손 가득 반찬들을 들고 오기도 했다. 건강한 단맛을 곁들이기 위해 씨를 뺀 참외를 넣고 담근 깍두기라든가, 호두와 검은콩을 넣고 조린 멸치조림이라든가, 내가 모르는 어떤 집 안의 냄새까지 우려진 듯한 사골국 같은 것들이었다. 재료는 사람에 따라 다른 맛을 낸다는 걸, 같은 이름이 붙은 반찬이어도 무한히 달라질 수 있다는 걸 그때 알았다.

그런 반찬들은 처음 먹어도 아는 맛이 나는 즉석식품과는 달랐다. '엄마'가 연상되는 여자의 손맛이 들어갔다고 해서 무조건 맛있지는 않다는 점이 조금 위안이 되었다. 반찬들은 하나같이 내 입에는 너무 싱겁거나 짜거나 달거나 썼다. 하지만 밥상머리에서 음식물을 남길 수 있다는 선택지를 갖지 못했던 어린 나는, 반찬에 맞게 혀를 길들여야 했다.

익숙해질 때쯤 그 반찬들은 식탁에서 사라졌

다. 아빠의 이별 신호였다. 똑같은 맛의 멸치조림이 다시 식탁에 오르는 일은 없었다. 물론 그다음의 멸치조림이 나를 기다리고 있었지만, 그건 내가 익숙해진 맛보다 더 짜거나 덜 짰다. 나는 더 짠 손을, 덜 짠 손을 생각했다. 내가 가보지 못한 집을, 내가 가져보지 못한 엄마를 상상했다.

아빠는 좀 더 안정적인 집밥을 공급하기 위해 헤어질 일 없는 대상, 즉 음식점을 포섭하기에 이르렀다. 미리 결제해두고 먹는 회사 식당 같은 시스템을 집에 도입한 것이다. 아빠가 선정한 그 음식점은 솜씨가 훌륭하다는 사실과는 별개로 지리나 찜을 먹고 난 후에 볶음밥이나 죽으로 마무리하는, 그러니까 보통은 어른들이 거하게 한잔하기 좋은 곳이었다. 어린아이가 혼자 가서 점심을 먹고 나올 만한 분위기는 아니었단 뜻이다. 하지만 아빠는 단골의 힘으로 전용 메뉴를 만들어냈고, 나는 그곳에서 서너 가지의 반찬과 함께 어린이 양에 맞춘 볶음밥을 먹을 수 있었다.

십대의 나는 그렇게 배고플 일은 없었으나 내 취향과 의지대로 메뉴를 선택할 일도 없는 잔잔한 세계에 머물렀다. 나름 안정적이었지만 그대로 멎어버려도 이상하지 않을 정도로 진폭이 낮은 생활이 반복됐다. 나만의 리듬을 갖게 된 건 술집에서였다.

　나는 술집의 모든 것이 이상할 정도로 익숙하고 정겨웠다. 따끈한 김이 올라오는 갓 지은 밥, 테이블 가득한 반찬들, 내가 고를 수 있는 온갖 일품요리. 고소한 냄새를 풍기는 음식과 술을 앞에 둘 때면, 오랜만에 찾아간 본가에서 대접받는 친구들의 마음이 이런 걸까 싶었다. 애초에 바깥의 손맛으로 자란 나는 난생처음 간 술집에서도 집밥을 먹는 듯한 기분을 느낄 수 있었으니까. 무엇보다 술집은 나를 외롭지 않게 해주었다. 술집에는 언제나 켜져 있는 조명 아래에서 사람들의 소음 속에 섞일 때 느낄 수 있는 온기와 보장된 취기가 있었다.

　이십대의 나는 집이 아닌 술집에서 자랐다. 키는 더 이상 자라지 않았지만 뱃살과 내장지방만큼은 분명히 자랐다. 집에서 먹을 수 있는 음식이 몹시 한정되어 있었다면, 술집의 메뉴는 무한했다. 술을 더 마실 수 있게 하는 모든 것이 안주가 되었다. 선지와 각종 채소를 넣어 얼큰하게 끓인 선짓국, 입에 넣고 뼈를 분리해내야 하는 닭발과 돼지꼬리, 바다 비린내를 폴폴 풍기는 멍게와 해삼, 소나 돼지의 창자에 각종 부재료를 넣고 삶은 토종 순대…. 새로운 세계는 언제나 혀 위에 있었다. 그중 내가 무엇을 먹을 수 있고 무엇을 먹을 수 없는지 깨치며, 술의 힘을 빌려 나의 세계를 한 입씩 넓혀갔다.

위(胃)로 가는 것들은 위로가 된다. 나는 아랫배도 부르고 윗배도 부를 때까지 무리해서 먹고 마셨다. 대식가라 불릴 재능은 없었지만 과식가라 불릴 만한 열정은 있었고, 그 기질은 술 앞에서도 그대로 발휘됐다. 술집에는 술이, 끝없이 나오는 술이 있었다. 마시는 것도 좋았지만 취하는 건 더 좋았다. 아무리 바쁘고 힘들 때도 술을 마시면 완행버스에 오른 것처럼 느긋한 리듬으로 인생을 여유 있게 돌아볼 수 있었다.

물론 알코올은 버스의 브레이크를 녹이고 폭주 기관차로 탈바꿈시켰다. 그래도 괜찮았다. 술집에서 만난 사람들은 나와 같은 리듬으로 달렸으니까. 앞 뒤 가릴 것 없이 질주하느라 36.5도보다 달아오른 인간미 넘치는 마음을 가진 사람들이 나와 계속해서 술잔을 부딪쳐주었다. 그들 덕분에 나는 나의 밑바닥까지 사랑하진 못해도 담담히 인정할 수 있는 법 정도는 배웠다. 아무리 망한 것 같아도 될 대로 되라 며 고개를 절레절레 흔들 여유도 생겼다. 고개를 흔들다가 알코올이 내려가는 플로우를 따라 가슴에서 허리로 자연스럽게 리듬을 타면 웨이브를 출 수 있답니다. 슬플 때 힙합을 춘다는 『언플러그드 보이』속 대사는 그렇게 나왔을 거예요. 춤은 못 추지만 끝없이 늘어놓을 수 있는 술집의 무용담들이 그렇게 생겨났다. 똑바로 서기 위해 비틀거리는, 비틀거리다 즐겁게 몸을 흔드는 시간들이었다.

집에 없던 엄마도 술집에서 찾았다(가족관계등록부의 엄마는 아닌데, 이미 그 문서에 엄마는 없으므로 누굴 엄마 삼을지는 순전히 내 마음이다). "엄마!" 하고 부르면 '너랑나랑호프'의 권복자 씨가 다가와 안아준다. 나는 아무것도 안 했는데 자꾸만 고맙다고 한다. 내가 한 거라곤 고작 먹고 마신 것뿐인데. 칼칼한 갓김치에 돌돌 만 뜨끈한 육전과 길쭉하고 말랑한 떡이 들어간 국물떡볶이와 바삭바삭한 가자미 튀김 같은 것들을 오물오물 받아먹고, 목 막힐세라 500cc 생맥주에 소주를 양껏 넣어 입안을 적신 것밖에 한 게 없는데.

권복자 씨는 매번 취기로 뜨끈뜨끈해진 내 몸보다 더 따뜻한 품으로 나를 안아주었다. 그 집에서라면 '너 키워준 값 해'라는 뒤틀린 보상 심리 따위에 응답할 필요 없이 내가 먹고 마신 값만 정확히 지불하면 되었고, 그 값은 자주 찾는 단골손님에 대한 애정과 서비스로 더 크게 돌려받곤 했다. 너랑나랑 호프에 있으면 너랑 나랑만 있어도 충분한 게 가족이란 생각이 들었다.

술이 있고, 술이 많이 있고, 누군가의 손을 바로 거쳐낸 맛있는 안주들도 있고, 과거의 내가 막연히 상상만 하던 다정한 관계도 있는 곳. 이십대의 나에게 집은 술집이었다. 집과 술집이 한 글자밖에 다르지 않다는 것이 야속할 정도로.

비록 껍데기만 남게 되더라도

- 서울 청파동 포대포

초등학교 시절, 나의 비밀스러운 취미는 '네이버 지식iN'에 답변을 등록하는 것이었다. 지식iN은 자칫 지루할 수 있는 질의응답 사이트에 무협지의 요소를 가미해 재미를 더했다. 활동에 따라 부여되는 포인트에 '내공'이란 이름을 붙인 것이다. 하수는 답변이 채택될 때마다 내공을 쌓으며 고수로 성장하고, 나아가 영웅, 지존, 초인이 된 뒤 마침내 인간의 영역을 벗어나 신이 된다. 그렇게 신이 되려는 중생들과 신에게 답을 구하는 중생들로 가득한 이 사이트에서, 나 역시 내공을 쌓는 한 (초)중생이었다.

　지식iN에서의 나는 고민을 털어놓는 사람들 앞에서 때마침 비슷한 고민을 겪은 사람이 되어 나타났다. 이별한 지 얼마 안 된 대학생, 회사에 적응하기 힘들어하는 신입사원, 사업에 실패한 사십대 남성, 가족 관계에서 상처받아 우울증을 앓고 있는 삼십대 여성 등등. 현실에서의 나는 미래가 되어서야 주역이 될 수 있는 초등학생일 뿐이었지만, 지식iN에서의 나는 마음만 먹으면 누구라도 될 수 있는, 현대사회의 은둔 고수였다. 비록 멋있거나 잘나가는 사람이 아닌, 언제나 인생의 한구석이 휑하니 뚫려 있는 사람의 모습이긴 했지만.

　답변은 대체로 비슷했다. '나도 이러이러한 일

을 겪었는데 가만 보니 고민을 올린 사람과 비슷한 맥락이 있고, 그래서 공감하는 마음으로 답변을 달 수밖에 없었으며, 어떠한 생각이나 행동을 하면 그 상황이 나아질 수 있다' 같은 구성이었다. 초등학생이 할 수 있는 인생 경험이라야 일천한 수준이니까.

당시의 나는 이 일이 진지하게 고민을 털어놓는 사람을 기만할 수도 있다는 생각은 하지 못했다. 그보다는 현실의 사람들이 중요하게 여겨주지 않아 인터넷에서 떠돌 수밖에 없는 누군가의 사정을 나라도 들어줘야 한다고 생각했다. 기한 내에 답변이 하나도 달리지 않은 채 마감되는 지식iN 질문은 너무 쓸쓸하니까. 나 역시 누군가가 내 이야기에 귀 기울여줬으면 하니까. 답변이 채택될 때마다 내공은 차곡차곡 쌓였고, 나는 '영웅'이 되었다. 그건 지식iN에서의 등급일 뿐이었지만, 나는 정말로 정체를 숨기고 세상을 활보하는 영웅이라도 된 듯 뿌듯했다.

내가 영웅의 자리에서 스스로 내려온 건 장문의 회신을 받고 나서다. 통상석으로는 답변이 채택되면 약속된 내공만 쌓이는데, 그날은 별도의 메시지가 도착해 있었다. 나의 답변이 정말로 위로가 됐으며, 허락해준다면 밥 한 끼라도 대접하고 싶다는 구구절절한 내용이었다. 나는 한없이 다정한 문장들 앞에서 겁에 질리고 말았다. 그 사람을 위로하고 싶었던 마음만 진실일 뿐, 나머지는 전부 거짓투성이였으니까. 이 사람이 내가 누군지 알게 되면 어떡하지? 자신을 위로해준 사람이 가상의 인물이라는 걸 알고 실망하면 어쩌지? 난 결국 스스로 내공이 쌓인 단전을 폐하기에 이른다. 아이디를 삭제한 것이다. 그 사람의 세상에서만큼은 오롯이 영웅으로 남고 싶어서.

그 사람은 내 답변을 기다렸을까? 이제 더 이상 초등학생도 영웅 등급도 아니지만, 그에게 이렇게 답하고 싶다.

"우리 포대포에서 볼까요?"

'포대포'에 가자는 말은, 밥 한 끼보단 술 한잔 하자는 뜻이다. 고깃집이긴 하지만 돼지 목살과 돼지 껍데기만 팔 뿐더러 그중 껍데기로 더 유명하기 때문이다. 돼지 껍데기란 본디 아무리 먹어도 배가 과하게 부르지 않은 데다 씹는 맛까지 있어 오래도록 소주를 기울이기 좋은 메뉴 아니던가.

포대포의 껍데기로 말할 것 같으면 비주얼은 평범한 축에 속하지만, 맛은 껍데기가 지녀야 할 본분을 충실하게 이행한다. 바로 겉바속쫄! 속은 '쫄'

을 넘어 '쪽' 소리 나게 쫀득거린다. 게다가 특제 간장 양념에 담근 후 마가린으로 초벌한 덕에 특유의 비린내 대신 달짝지근한 풍미까지 풍긴다. 무엇보다 도톰하다! 흔히 볼 수 있는 껍데기는 여름 홑이불처럼 얇아서 불판에 올리면 쉽게 타고 구부러지지만 포대포의 껍데기는 일반 마스크 팩보다 두 배 비싼 두꺼운 시트지의 콜라겐 마스크 팩 같다. 먹지 말고 피부에 양보하다뇨, 먹으면서 피부도 좋아지는 것이 바로 껍데기입니다.

나는 자르르하게 윤기가 흐르는 껍데기를 집어 올린다. 양파가 담긴 특제 간장 소스와 고추냉이를 살짝 묻히고 한입에 넣는다! 달콤하고 짭짤한 소스가 혀끝까지 짜릿하게 퍼지고, 기름진 육즙이 목구멍을 뜨끈하게 적시며 내려간다. 분명히 "이 집 껍데기는 유달리 씹는 맛이 있네요!" 감탄할 상대방에게, 은근한 목소리로 한마디 건네지 않을 수 없다.

"껍데기만 남게 되더라도 살맛이 아주 안 나는 건 아니니까요."

이제 소주다. 흔히 볼 수 있는 소주가 아니다. 무려 17년산이다. 라벨에 네임펜으로 '17'이라고 덧 쓰여 있고, 모 브랜드 피자집 로고가 박힌 빨간 리본을 병목에 둘러 위스키 흉내를 내고 있는 소주다. 지나치게 어설퍼서 어처구니없는 모양새지만 기꺼이 속아주기로 한다. 술값을 걱정하지 않고 여유롭게 17년산 하나 달라고 외칠 수 있는 곳은 여기뿐일 테니까.

껍데기 한 점에 소주 한 잔을 넘긴다. 껍데기는 마치 잘 구운 살코기처럼 고소하고, 17년산이나 묵었다고 뻔뻔하게 주장하는 소주는 그저 다디달다. 속고 있는 것을 뻔히 아는 데도 맛있다. 지식iN에서 나의 답변을 받은 사람들도 사실은 나에게 속아주고 있던 것은 아니었을까. 불현듯 떠오르는 생각 앞에서 도망치고 싶은 나는 황급히 17년산 소주를 가지러 일어선다. 어색한 표정으로 다시 자리에 앉으면 방귀 소리가 울려 퍼진다…. 네? 방귀 소리요?

내려다보면 웬 둥그런 쿠션이 엉덩이 밑에 깔려 있다. 억울하고 황망한 표정으로 쿠션을 들면 기다렸다는 듯이 포대포 포 사장님의 호탕한 웃음소리와 함께 마술쇼가 시작된다. 네? 마술쇼라고요? 문자 그대로 마술쇼다! 동전이며 손수건이며 카드며 막대며 온갖 마술 소품들이 포 사장님의 주머니에서 끊임없이 나온다. 도구와 손놀림을 활용한 속임수임을 알면서도, 술을 잔뜩 마시고 보는 마술은 정말로 그럴싸하다.

포 사장님이 보여주는 마술은 마치 지식iN 등급처럼 체계적이어서, 포대포에서 내공을 쌓을수록 난도 높은 마술을 볼 수 있다. 물론 새로운 고급 마술을 보여주겠다고 해놓고 그전에 했던 중급 마술을 보여줄 때도 많다. 그럴 때 모른 척 속아주는 것이야말로 취한 단골이 베풀 수 있는 아량이다. 마술이란 그런 거니까. 모두가 즐겁기 위해 서로가 서로에게 기꺼이 속아주는 거니까. 즐거운 눈속임으로 가득한 이 집에서 나는 문득 모든 걸 드러내고 싶은 충동에 사로잡힌다. 내가 어떤 사람인지 솔직하게 밝힌다면 어떨까?

저는 학교와 학원에 가지 않는 일요일이면 부모님 손에 이끌려 교회에 가요. 예배가 끝나면 공짜로 나눠주는 김치말이국수를 먹고 교회의 구석진 방에 틀어박혀 컴퓨터를 해요. 컴퓨터는 허접해서 인터넷 말고는 아무것도 되질 않고, 그래서 저는 지식iN에 들어가 긱종 고민들을 살펴가며 답변을 단답니다. 아무리 기다려도 부모님은 오지 않고, 오지 않았으면 좋겠다는 마음과 정말 오지 않을 것 같은 두려움 사이에서 시간은 맥없이 흐르고, 집은 걸어갈 수 없을 정도로 멀고, 신은 나와 함께 있다고 하는데 보이지는 않거든요. 당신의 사정은 잘 모르겠지만 누구한테든 응답받고 싶은 마음만큼은 알아요. 그래서 당신의 고민에도 답했던 거예요. 어쨌거나 다정한 말이 필요한 세상이잖아요.

이미 알고 있다는 듯 웃고 있는 상대방의 표정을 떠올리려고 노력한다. 누구라도 괜찮다는 말을 해주는 사람을, 정확히는 '괜찮다'는 그 말 자체를 기다렸을 뿐이었다고 말해주길 바란다. 그럼 나는 다시 답할 것이다.

괜찮다는 말을 듣기는 어려운데 해주는 건 쉽더라고요. 이렇게 쉬운 걸 다들 왜 안 해주는지 모르겠어요. '괜찮다'는 세 음절을 내뱉기만 하면 이름 모를 당신보다는 내가 괜찮은 사람이 됐다는 착각도 들던데요. …실은 그게 제일 부끄러워서 연락을 못 했어요.

나를 바라볼 상대방의 표정을 더 이상 상상하고 싶지 않다. 더는 아무 말도 하지 않기 위해 다시 껍데기 한 점에 소주 한 잔을 입에 밀어 넣는다. 그러나 술집에서의 대화라는 것은 언제나 생각대로 되지 않는다. 껍데기가 속으로 들어갈수록 나는 점점 헐벗는 기분이 되고, 알코올에 흠뻑 젖은 입술은 제멋대로 나불댄다.

제가 가질 수 있는 건 껍데기뿐이더라도, 저도 이런 사람이고 싶었어요.

나는 포 사장님을 가리킨다. 다른 고깃집에선 곁다리 별미로만 취급되는 껍데기, 우스꽝스러운 17년산 소주, 눈속임 마술이 있는 포대포에서, 이 모든 것을 진짜배기로 만드는 포대포의 포 사장님을.

양념 가득 껍데기를 맛있게 절여놓았을 사장님, 소주병 라벨에 그림을 그리고 리본을 달았을 사장님, 새로운 마술을 연습했을 사장님, 캘리포니아의 바이크족 같은 차림으로 걸걸한 목소리를 내면서 다정하게 웃는 사장님, 나이에 상관없이 누구든 술친구처럼 대해주는 사장님, 집에 갈 때면 골목까지 따라 나오는 사장님, 그러고서도 따라오지 못한 발걸음을 배웅하듯 어둠 속으로 사라질 때까지 시끄럽게 휘파람을 부는 사장님. 그는 그렇게 포대포를 찾는 수많은 이의 하루를 진심으로 위로했을 것이다.

가게가 한산해질 때까지 술을 마시고 있으면

포 사장님이 다가와 가까이 앉는다. 그는 나를 마치 지식iN에 고민 상담 글을 올린 사람처럼 바라본다. 요즘은 어떻게 지내냐고, 괜찮냐고 묻는다. 내가 사장님이야말로 괜찮냐고 되물으면, 포 사장님은 속 시원해질 정도로 호탕하게 웃으며 "할 수 있을 때 하는 거"라고 답한다. 가진 내공을 모두 몰아주고 싶은 답변이다.

그러나 나에게 남은 내공은 한 톨도 없다. 가진 건 술집에 앉아 있을 수 있는 몸뚱이뿐. 없는 사람을 앞에 두고 나는 술을 마신다.

* 이 글의 '포 사장님' 포석광 씨는 현재 건강상의 문제로 출근하지 않는다.

상처에 새살이 솔솔, 마데카술-집

– 서울 서교동 꽃

각종 사건 사고가 일어나는 곳. 모든 증인이 취해 있어 원인도 경과도 알 수 없는 곳. 사건의 진상을 파악할수록 내가 진상이었다는 사실만 드러나기에 미제 사건으로 종결시켜버리고 싶은 일들이 가득한 곳. 바로 술집이다.

그게 두려워서 술집에 가지 않는 건 구더기 무서워서 장을 못 담그다 못해 장독을 깨부수는 일이다. 물론 공기에 알코올이 떠도는 술집 특성상 언제나 구더기 같은 문제가 굼실거릴 가능성은 충만하다. 해결 방법은 간단하다. 액땜이다! 구더기를 한번 만들어보면 언제 어떻게 해야 구더기가 발생하는지 알게 되는 것처럼, 적당히 수습할 수 있는 가벼운 곤란을 미리 겪어봄으로써 앞으로 닥쳐올 미지의 위기를 미연에 방지할 수 있다. 지칠 줄 모르고 마시다가 토해보면 양을 조절하게 되고, 인증샷 찍겠답시고 술병을 늘어놓다가 와르르 깨뜨려보면 술자리를 정리하며 마시는 법을 깨칠 수 있지 않겠어요?(물론 '다음'이란 건 내일이 될 수도 있고 일주일 후가 될 수도 있으며 몇 개월 후가 될 수도 있는데… 그런 개인차는 각자 해결하도록 합시다.)

나 역시 수없이 많은 액땜을 반복했다. 그중 가장 강력한 땜질의 흔적은 오른쪽 눈썹 위에 남아 있다. 흉터 자체는 눈에 띌 만큼 크진 않지만, 만져보면 살갗에 조각 천을 덧댄 것처럼 볼록하다. 가끔씩 주변의 털이 삐죽삐죽 뻗치긴 하지만, 눈썹이 남아 있는 게 어디냐. 살아가는 데 전혀 지장 없는 정도로만 다친 거다. 피부가 찢어지는 게 아니라 이마가 깨질 수도 있었다. 높지도 않은 코가 부러질 수도 있었고, 기껏 라식 수술로 되살려놓은 시력을 잃을 수도 있었다. 대체 무슨 일이 있었기에 그렇게까지…? 물론 모릅니다. 기억이 안 나요. 무지에서 비롯되는 공포가 가장 극악한 법이죠.

　　그날은 당연하게도 필름이 끊긴 날이다. 정확히는 필름의 대다수가 알코올에 녹았던 날이다. 암전된 화면이 다시 컬러를 되찾게 된 것은 어느 침대 위에서다.

　　"환자분, 깨셨어요?"

　　의사 선생님의 무심한 목소리에 나는 게슴츠레 뜨려던 눈을 다시 황급히 감았다. 술이 깼냐는 건지 잠이 깼냐는 건지 아니 대체 난 어떻게 응급실에 와서 누워 있는 건지 감도 오지 않아서 입술만 달싹였다. 의사 선생님은 그런 나를 한심하게 보거나 핀잔을 주지 않았다. 다만 투철한 직업 정신을 발휘하여 내가 정신을 차렸는지 다시 확인한 뒤 이마 꿰맬 준비를 마쳤다. 그 과정에 마취 주사는 없었다. 그는 해진 봉제 인형을 기우듯 묵묵히 바늘을 움직였고, 나는 그 얼굴에 대고 술 냄새를 뿜어내는 누를 끼치지 않기 위해 비염으로 막힌 코로 숨을 내쉬며 잔잔하게 헐떡였다.

　바늘이 오갈수록 찢겨나간 필름도 서서히 붙어나갔다. 새벽까지 마시겠다고 버티던 어두운 술집, 양주와 맥주를 섞은 술잔, 그날 따라 쓸데없이 높았던 구두 굽, 술집 앞에 쌓여 있던 자갈들, 그리고 피…?

　찢어진 이마의 통증보다는 내장을 뒤트는 숙취 때문에, 숙취보다는 영혼을 흔드는 쪽팔림 때문에 더 고통스러웠다. 술 냄새와 피를 뿜으며 병원에 실려 온 이십대 초반의 여자라니… 그게 나라니….

　의사 선생님이 나간 후에야 비척비척 일어나 거울을 보니 이마에 붙인 거즈 따윈 눈에 들어오지도 않을 정도로 참혹한 몰골을 한 여자가 서 있었다. 머리는 산발이고 화장은 반쯤 녹아 있었으며 하얀 리넨 셔츠엔 핏자국이 방울방울…. 거즈를 떼어보면 쪼개진 이마 사이로 알코올이 흘러나올 것 같은 행색이었다. 비틀거리며 바깥에 나와 보니 해는 이미

중천이었다. 아, 나 출근해야 되는데….

　　당시 대학 졸업을 앞둔 나는 모 광고 회사에서 AE로 일하는 인턴이었다. AE는 Account Executive 의 약자로, 광고 기획부터 제작, 매체 등 전반을 총괄하기 때문에 '광고 회사의 꽃'이라고도 불린다. 한참 뒤에야 AE가 꽃인 진정한 이유는 광고주의 갑질을 최전선에서 감당하느라 누구보다 빨리 시들고 먼저 꺾이기 때문이란 걸 알게 되었지만…. 어쨌든 당시의 나는 그런 냉혹한 현실은 모른 채, 얼른 진짜 '꽃'으로 피어나고 싶은 파릇파릇한 새싹이었다.

　　미숙한 인턴에게 주어지는 일은 고만고만했다. 인턴이 유달리 주목받는 때가 있다면 업무 시간보다는 일의 연장선상에 있는 회식에서다. 가장 젊은 간을 보유한 자로서 누구보다 힘차게 놀아보아라! 그런 화려한 눈빛들이 나를 감싸고 나는 그 안에서 참으로 성실하게도 있는 힘껏 취하길 반복했다. 고백하자면 괴롭기보단 즐거웠다. 모든 생활비를 스스로 벌어 써야 하는 가난한 대학생에게, 선배들이 데려가는 술집들은 하나같이 내 지갑으로는 감당하기 힘든 곳들이었으니까. 무엇보다 좋았던 건 잔고를 걱정하지 않고 다음 술집으로 기꺼이 발걸음을 옮길 수 있다는 점이었다. 나는 값싸고 소박한 술집들의 기억을 잊게 해주는 자본주의의 맛에 취한 채, 집으로 가는 마지막 광역버스쯤이야 쿨하게 보냈다. 어차피 택시비는 술값보단 덜 들 테니 남는 장사라고 생각하면서. 응급실에서 눈을 뜬 그날도 바로 그런 날 중 하나였다.

몇 번째 술집이었는지는 모르겠다. 마지막의 마지막까지 남아서 마시는 나에게 포상을 주듯, 선배는 아는 사람만 아는 집이라며 비밀스럽게 속삭였다. 간판은 물론 술집이라는 단서라곤 아무것도 없는 어두침침한 곳에 자리하고 있었지만, '꽃'이라는 예쁜 이름을 가진 술집이었다. 꽃처럼 입안에 화려한 향기를 퍼뜨리는 와인을 파는 곳인가? 내부가 생화로 장식된 멋들어진 위스키바인가?

지하에 있는 철문 안으로 들어간 후에도 더 내려가야 닿을 수 있는 술집은 가게라기보단 바깥과 단절된 거대한 굴 같았다. 층고는 엄청나게 높았지만 나무 테이블 네댓 개만 있을 정도로 좁았다. 벽은 낙서와 빛바랜 종이들로 빼곡했고, 나무로 된 바 뒤편에는 LP들이 차곡차곡 쌓여 있었다. 가난한 예술가들의 피신 장소 같기도 하고, 어떤 사람이 조직 생활을 청산하고 여생을 술이나 마시며 조용히 숨어 지내기 위해 만든 비밀 아지트 같기도 했다. 그 무엇이 되었든 통상적인 '꽃'의 이미지와는 달랐다. 와인바, 위스키바, 이렇게 보편적인 업종으로 단정해버릴 수 있는 분위기가 아니었다. 그저 술집 꽃이었다.

기존의 경험을 넘어서는 생경한 분위기에 도취한 나는 몇 잔이라도 더 마실 수 있겠다는 의욕에 불타올랐다. 아무렇지도 않게 시크하게 앉아 메뉴판을 뒤적거리는 선배들은 한결 더 위대해 보였다. 그들은 인턴에게 가르침을 주고 싶었던 건지도 모른다. 인생은 네가 생각했던 것과는 다르다고, 간판이 없는 술집의 문도 화끈하게 열어젖힐 수 있는 용기를 가져보라고. 게다가 술집 이름부터 '꽃'이다. 지금은 인턴이지만 앞으로 광고 회사의 꽃으로서 창대하게 피어날 내 미래에 대한 암시일지도 모른다. 장미, 백합, 개나리, 그렇게 흔히 보이는 꽃이 아닌 술집 꽃처럼 전혀 다른 형태의 꽃을 피워내란 가르침일 수도 있는 것이다. 내가 애송이 티를 내지 않으려고 애쓰며 상상의 나래를 펼치는 동안, 선배들은 능숙하게 1,000원에 파는 구운 김과 카스 병맥주, 잔술을 주문했다.

넓고 낮은 유리잔에는 제임슨 위스키가 3분의

1 정도만 채워져 있었다. 가벼운 건배와 함께 위스키를 한 모금 마신 뒤, 유리잔의 빈 공간을 카스로 마저 채웠다. 비싼 양주에 값싼 맥주를 섞다니! 수입이 안정적인 직장인이란 정말 대단하구나 생각하며 짐짓 호쾌하게 한 모금 들이켰다. 맥주가 들어갔으니 괜찮겠거니 생각한 사회 초년생의 치명적인 실수이자 불행의 도화선이었다. 꼬릿한 향을 풍기는 '양맥'은 식도를 타고 박력 있게 내려가더니 속을 화르르 불태우기 시작했다. 단숨에 온 몸이 알싸해질 만큼 강렬했지만, 단박에 맛있다고 하기엔 조금 애매했다. 아무렇게나 대충 섞어 만든 양맥은 정체를 가늠하기 힘들지만 이상할 정도로 사람을 매료시키는 술집 꽃이 주는 느낌과도 비슷했다. 어쩔 수 없이 더 마셔봐야 알겠군…. 나는 자꾸 잔으로 손을 뻗었다. 그러다가 내가 뻗게 될 줄도 모르고. 나는 완도에라도 놀러 온 것처럼 1,000원짜리 구운 김을 몇 번이나 주문했고, 남은 김을 포장까지 해달라고 우겼다. 아프로 헤어를 한 사장님은 민망해하는 표정으로 웃더니, 구운 김 한 뭉치를 오래된 종이에 곱게 싸서 내 주머니에 넣어주었다. 아마 이때 내 기억도 김에 싸버린 것 같다.

혼날 것을 각오하고 불굴의 의지로 출근했으나, 선배들의 반응은 내 예상과 달랐다. 그들은 화를 내는 대신, 나를 한결 더 효과적으로 부끄럽게 만들 방법을 선택했다. 어떻게든 나의 치욕스러운 기억을 되찾아주기 위해 남아 있는 단서들을 죄다 끌어 모은 것이다.

나는 단정히 포장된 김 뭉치를 슬랙스 주머니에 넣은 다음 몹시 행복한 표정으로 술집을 나갔다고 한다. 그리고 삐끗! 취기 어린 스텝을 밟다가 그만 자갈에 발이 걸렸고, 그렇지 않아도 높은 굽 위에서 휘청거리던 발목은 속수무책으로 꺾이고 말았던 것이다. 나뿐만 아니라 모두가 취해 있었기에 정확한 사실은 알 수 없다. 다만 모두가 기억하고 있는 건 넘어진 내가 인턴답게 잽싸고 씩씩하게 일어난 뒤 해맑게 웃었고, "무릎 멀쩡한데요?"라며 웃는 눈 위로 피가 주르륵 흘렀다는 것.

시야 좁은 인턴인 나는 무릎이 멀쩡한 것에 안심했으나 큰 그림을 볼 줄 알았던 선배들은 나를 응급실로 이끌었다. 응급실은 대체 어떻게 갔을까? 택시로? 응급차로? 많이 궁금했으나 오전 근무를 제끼고 출근한 마당에 구체적으로 물어볼 용기까지 나진 않았다.

자기도 술집에서 다쳤다며 눈썹을 보여주는 선배도 있었다. 한 명도 아니고 두 명이나. 신기하게도 비슷한 위치에 흉터가 나 있었다. 자잘하게 다쳐야 큰일이 없다며 그들은 호탕하게 웃었다. 그들도 술집의 액땜을 치른 거였다.

꽃에서의 강렬한 액땜 이후 술에 대한 나의 사랑은 꽃의 지하처럼 더욱 깊어졌다. 다쳐보니 무슨일이 있어도 새살은 어떻게든 돋아날 것이라는 믿음이 생겼으니까. 인간은 생각보다 완전하지 않아서 언제든 터질 수도 꿰매질 수도 있다는 것을 깨닫고 속이 편해졌는지도 모르겠다. 그저 이제는 술을 마시러 갈 때 굽이 높은 신을 신는 어리석은 짓은 하지 않는다.

기억도 마음도 신발도 놓고 나오는

- 서울 을지로 와인바 302호

나는 친구가 많지 않은 편이다. 초중고대학교를 통틀어 아직도 만남을 유지하고 있는 절친한 친구는 다 합해봤자 열 손가락 굽히기도 힘들다. 인스타그램 팔로워가 네 자릿수라 나를 '인싸'로 많이들 오해하지만, 그건 그저 내가 '내향적 관종'이라 그렇다. 한없이 소심한 평소의 나는 사람들의 눈을 오랫동안 마주하는 것조차 힘들다.

그런 나의 사정은 술집만 가면 달라진다. 마치 술집에 숨겨둔 자아라도 있는 것처럼 적극적으로 합석도 하고 서슴없이 깊은 이야기를 나누기도 한다. 맛있는 술과 안주로 무장할 수 있는 술집에서만큼은 모두의 눈동자를 마주할 용기가 생긴다. 그래서일까. 최근 친하게 지내는 거의 모든 친구는 술집에서 만났고, 그들과 함께한 대부분의 추억은 술집에서 쌓았다. 이들은 아무래도 친구보다는 술친구라 부르고 싶은 사람들이다.

술친구란 무엇인가. 기본적으로는 술을 함께 마셔주는 친구이지만, 그 단어에는 좀 더 애틋한 무언가가 있다. 우선 술친구라는 세 음절에는 밥 때든 잘 때든 마시자고 연락했던 역사가 담겨 있다. 술 당기는 건 시간을 가리지 않는다는 걸 이해하는 사람만이, 갑작스러운 연락에도 선뜻 응답해준 사람만이 술친구라는 타이틀을 얻는다. 주거니 받거니 잔을 부딪치는 횟수와 취하는 리듬도 중요하다. 그 누구도 취기에서 낙오되지 않는 술자리를 공유해본 사람만이, 그렇게 같은 흐름으로 함께 취해본 사람만이 술친구라는 지위를 유지한다. 하지만 그 무엇보다도 중요한 건 상대의 만취를 겪은 뒤에도 계속해서 다음을 기약할 수 있느냐에 달려 있다. 끔찍한 꼴을 또 볼지언정 다시 잔을 부딪쳐보자는 감정이 비로소 술친구라는 단어를 완성해낸다.

별것 아닌 것 같아도 이 까다로운 요건을 자연스럽게 충족하는 사람들이 있다. 바로 술집의 사장님들이다. 일단 그들과는 약속하지 않아도 만날 수 있다. 언제든 나의 믿음을 배신하지 않고 문을 열어주는 이가 있다는 건 정말 든든한 일이다.

이들은 술집에서 가장 의지가 되는 존재이기도 하다. 술집의 모든 것은 사장님의 손끝에서 탄생하므로 기본적으로 의지할 수밖에 없기도 하지만, 술집 사장님들의 남다른 책임감은 주정뱅이를 대할 때 더욱 빛을 발한다. 사장님들이란 술집에서 손님들이 벌이는 온갖 난장판을 손수 치웠으며, 앞으로도 치울 사람들이기 때문이다.

물론 친한 친구 사이에도 적당한 선을 지키는

게 중요하듯 손님은 민폐를 끼치지 않도록 노력해야 한다. 하지만 야속하게도, 열심히 한다고 잘할 수 있는 세상이 아니지 않나. 나는 술과 술집을 사랑하는 것과는 무관하게 자꾸만 술집을 난장판으로 만드는 데 일조하곤 한다. 그럼에도 그런 나에게 다시 술잔을 쥐여주는 사람이 바로 술집의 사장님이다!

"미안하다고 말하지 마. 그럼 다음에 또 그렇게 못 마시잖아."

그렇게 말한 사람이 있다. 그 사람 앞에서 나는, 때론 사람이라고 부를 수 있는 꼴이 아니었다. 그런데도 다음을 또다시 기약해준 다정한 사람이다. 주정뱅이 세계의 '용서의 신'이나 다름없는 사람, 와인바 '302호'의 사장님 김태윤 씨다. 술 한 잔 더 팔려고 너그럽게 대답하는 거 아니냐는 의심을 하는 당신, 속고만 살았나요? 제가 이참에 간증하겠습니다(이때 쓰는 '간증'은 '간에 새겨진 증거'의 줄임말입니다). 태윤 씨 말씀하시길,

"와인잔이 깨지는 것보다, 그런 걸 걱정하느라 제대로 못 마시는 게 더 싫어."

대인배, 인격자, 성인군자, 술집의 구도자! 대체 어떤 단어로 그의 인성을 표현할 수 있을까. 그릇

이 다르다. 그의 남다른 그릇을 표현하기 위해서라면 리터 단위의 와인잔을 특별 주문 제작해야 할 지경이다. 주정뱅이가 주정뱅이답게 취하는 것을 진심으로 바라는 사람 앞에서라면 취하지 않을 수 없다.

을지로에 위치한 302호는 와인바가 있을 거라고는 상상도 못 할 허름한 건물 안에 있다. 와인바라는 단어가 주는 고상함과 묵직함을 정면으로 무시하는 건물 계단을 힘들게 올라가면 어두운 복도 끝에 핀 조명이 문 위의 '302호' 표시를 환하게 비추고 있다. 길 잃은 주정뱅이를 인도하는 인공적인 빛을 따라 가까이 다가갈수록 내부에서 흘러나오는 소음이 뚜렷해진다. 신의 계시는 분명하지 않지만 취객을 보듬는 술집 사장님의 의도는 다정하리만치 직관적이다.

한눈에 다 들어올 정도로 작은 원룸형 술집 안엔 디근 자 형태의 바(bar) 외에는 별다른 가구도 없다. 하지만 공간은 마크 로스코의 작품처럼 붉게 칠해진 벽, 페인트의 손길이 닿지 못한 공기를 빨갛게 물들이는 조명, 미세한 틈 사이사이를 메우는 음악으로 가득 차 있다. 일렁거리는 붉은 조명 아래서는 너 나 할 것 없이 붉게 취한 얼굴로 둔갑한다. 그중 한 명이 되는 일은 언제나 기쁘다.

온통 새빨간 세상에서 불그스름한 얼굴을 한 채 레드 와인을 마시고 있으면, 누군가의 거대한 배 속에 들어와 있는 것 같다. 요나(기독교 성경에 등장하는 인물이다. 신의 말을 듣지 않다가 고래에게 삼켜진다)가 된 기분이랄까. 그는 고래 배 속에서 사흘이나 있다가 회개하고 나서야 빠져나올 수 있었다. 하지만 바깥에서 맞이할 인생이 고달픔으로 가득하다면, 나는 이 안락한 배 속에서 레드 와인과 함께 평생 출렁이는 죄인으로 남고 싶다. 신의 사랑이 아니라 술집 사장님의 사랑을 받으면서! 그러고 보니 이게 바로 술 고래 배 속인가?

몸에 피가 아닌 레드 와인이 흐르는 것 같다는 기분이 들 때쯤 컵라면을 먹는다. 와인바에서 컵라면을 판다는 점에서, 다시 한 번 302호 사장님의 훌륭한 인격을 엿볼 수 있다. 소주보다 지출이 클 수밖에 없는 와인을 먹는데 안주까지 비싸면 단골들의 살림살이가 어떻게 되겠어요?

고상하게 손목으로 와인잔을 돌려야 할 것 같은 와인바라는 공간에서 가장 대중적이고 값싼 컵라면을 방정맞게 후루룩거리는 일은 짜릿하다. 누군가 내게 "당신은 어떤 어른이 됐나요?"라고 묻는다면, '와인바에서 컵라면을 먹는 어른'이라고 콕 집어 말하고 싶다. 와인부터 인스턴트까지 세상 모든 맛을 즐길 줄 아는 노련한 사람이 나다, 이거예요.

무엇보다 302호에서 먹는 컵라면은 맛있다. 기본 중의 기본이라 할 수 있는 작은 용량의 신라면 컵이지만 단순히 모두가 아는 맛이라고 말하고 싶지 않다. 레드 와인을 온 내장에 흩뿌리는 이 전쟁판 같은 술판에서, 참전한 모두의 HP를 한 방에 올려주는 구원 물자 같은 안주니까(전쟁 통에 얻어먹은 밥 한 끼가 유난히 맛있었더라는 일화, 다들 아시죠?). 정량보다 물을 살짝 덜 넣어 혀가 아릴 정도로 짭짤하고 뜨끈한 라면 국물과, 액체만 흘러들던 입안에 즐거운 활력을 선사하는 꼬들꼬들한 인스턴트 면발. 이때까지 마신 모든 것을 잊게 해줄 정도로 자극적인 컵라면의 맛은 다음 와인을 주문하는 신호탄이 된다.

때맞춰 사장님은 스피커의 음량을 높인다. 마치 고래가 삼킨 바닷물이 밀려오는 것처럼, 스피커는 공간을 메우다 못해 뚫고 나갈 것 같은 음량으로 들썩거린다(실제로 스피커가 터진 적도 있다. 역시나 김태윤 씨의 남다른 배포를 알 수 있는 대목이다…). 내 몸속 내장형 스피커에도 빨간 불이 들어오면서, 온몸의 세포가 비트에 따라 펄떡거린다. 가만히 앉아 있을 수 없다! 일어난다! 노래에 맞춰 은근슬쩍 몸을 흔들어본다!

　　몸을 움직일 수 있는 공간은 바 의자와 벽 사이의 좁은 틈뿐이지만 비보잉을 할 것은 아니므로 그 정도로도 충분하다. 조금 더 공간을 차지해야 하는 춤을 추고 싶다거나 모두의 시선을 사로잡고 싶다면 아예 바 위로 올라가도 된다. 바가 춤출 만큼 넓은 것은 또 아니지만… 어쨌든 나 말고도 302호 안의 모든 사람이 그러고 있다. 처음 만난 사람도 친구 집에서 소개받은 지인처럼 느껴져서 어느샌가 같이 잔을 부딪치고 몸을 흔든다. 내가 이렇게 외향적인 사람이 될 수 있다는 걸 여기서 처음 알게 되었다. 그렇게 와인을 마시고 몸을 격렬하게 움직이면 엄청난 화학작용이 일어난다는 것도. 칵테일 셰이커를 흔들 듯 리드미컬하게 몸을 흔들면 아까 마신 와인이 속에서 미친 듯이 요동치며, 마시고 있지 않아도 계속 마시는 것 같은 효과를 내고… 커다란 진폭으로 흔들리는 알코올에 몸을 맡기면 정신은 어디론가 빠져나간다….

　　302호에서 보인 추태는 끝이 없다. 한번은 신발을 벗고 바 위에 올라가 춤을 추다가 그대로 맨발로 귀가했다(그날 수영 수업을 듣고 온 친구는 술집에 오리발을 두고 갔다). 또 한번은 화장실에서 뻗어 맥없이 누워 있는 나를 친구들이 구출해냈다(을지로의 오래된 건물 공용 화장실 상태를 아는 분이라면, 이 문장이 주는 끔찍함에 눈을 질끈 감을 것이다…). 계단에 머리를 세게 박아 혹이 난 적도 있는데, 한동안 골이 울리는 바람에 CT를 찍었다.

그럼에도 김태윤 씨는 언제나 말한다. 사과하지 말라고! 물론 이렇게 된 데는 사장님 잘못도 조금 있다. 와인을 따라주던 그는 어느새 손님 곁에서 자연스럽게 와인을 마시고 있다. 이제 그만 마실까 싶으면 서비스라며 한 잔도 아닌 한 병을 내민다(자기가 더 마시고 싶었던 게 분명하다). 술집의 지배자인 사장님이 달리기 시작하니 술집에 있는 사람들의 운명 역시 폭주 기관차처럼 질주하게 된다. 정해진 영업시간이고 뭐고 여기가 집이라고 착각할 때까지 술집의 문은 닫히지 않는다. 어쩌다 맨정신으로 나가려고 하면 그가 앞장서서 이제 소주 한잔하러 가자고 한다.

302호를 다녀온 다음 날이면, 나는 고심하다 이렇게 메시지를 보낸다.

- 사장님, 저 두 발로 나갔나요?

적어도 직립보행이 가능한 인간의 모습이었으면 좋겠는데… 나이가 들어서도 두 발로 걷는다는 것에 기쁨을 느낄 수 있다니….

- 저도 기억이 안 나요.

감동적이다. 그가 정말 내 모습을 기억하든 하지 못하든 그거 중요하지 않다. 분명한 것은 302호의 사장님, 김태윤 씨는 좋은 술친구라는 사실이다. 함께 마셔주는 사람, 내가 부끄럽지 않게 같이 취해주는 존재. 언제라도 다음 잔을 부딪칠 든든하고 포근한 품을 가진 술친구!

K-장녀 생존기

- 서울 을지로 경상도집

2년이 지나서야 아빠는 내가 첫 책을 냈다는 사실을 알게 됐다. 숨기려고 한 것은 아니지만, 말하는 순간 자랑보다는 변명이 늘어날 것 같았다. 아무래도 술이 주요 소재인 책이다 보니 집에 늦게 들어갈 때마다 사사건건 애먼 술을 탓할 것 같고, 식사 시간에 반주라도 하자고 하면 거절하기도 뻘쭘할 것 같고. '때 되면 자연스럽게 알게 되겠지'라는 느긋한 생각으로 알리지 않은 출간 소식은 한 해 두 해 미뤄지다가 결국 책을 함께 출간한 공저자와 결혼하겠다고 말하면서 드러나게 되었다.

막상 때가 되니 결혼보다 출간 소식을 알리는 게 더 떨렸다. 책을 샀다는 아빠의 말에 발레 공연을 앞둔 유치원생으로 돌아간 기분까지 들었다. 장막이 올라가고 무대로 나가면 아빠는 객석에 앉아 꽃다발을 품에 안은 채 사랑스러워 죽겠단 웃음을 짓고 있겠지. 들뜬 기대로 가슴 한구석이 간질거렸다. 그러나 책을 주문했다는 문자가 온 다음 날, 전화 속 아빠는 대뜸 화부터 냈다. 자기 프라이버시를 책에 떡하니 써놓으니 창피해서 살 수가 없다고.

그 책은 시와 술에 대한 에세이였기 때문에 나는 당혹스러웠다. 그냥 넘기기엔 나를 옥박지르는 아빠의 목소리가 너무나 당당했으므로, 나는 분노의

원인을 찾기 위해 내가 쓴 책을 다시 정독했다. 그 결과 283쪽 분량의 책 한 권에서 단 하나의 문장을 찾아낼 수 있었다.

우리 아빠는 두 번이나 이혼했는걸.[*]

팩트만을 아주 담백하게 담아낸 문장이었다.

내 이야기를 담은 수많은 문장 대신 단 한 줄을 참을 수 없어 하는 비대한 자의식에 어이가 없었고, 그 한 줄에 담긴 내 감정을 헤아리는 대신 화부터 내는 성급함이 슬펐다. 대단한 칭찬까진 아니어도 수고했다, 놀랐다, 정도의 반응은 보일 줄 알았다. 지금 이 순간에도 정말 많은 책이 나오고 있지만, 그래도 여전히 책을 쓰는 건 보통 일이 아니니 아빠가 자랑스러워할 거라 여겼다. 팔불출처럼 사람들을 만날 때마다 인사처럼 책을 건네면 어쩌지, 하는 즐거운 상상까지 했던 스스로가 우스웠다. 단 한 번도 발레 공연을 보러 온 적이 없던 아빠에게 나는 무엇을 기대했던 걸까. 그때나 지금이나 나는 여전히 다쳤다.

[*] 『시시콜콜 시詩알콜』, 김혜경·이승용 지음, 꿈지락, 2017, 66쪽.

다행스러운 게 있다면, 이제 내 마음엔 어린 살보단 상처를 수없이 치료해온 역사가 담긴 단단한 굳은살이 더 많다는 것이다. 이깟 상처 치료하는 법쯤이야 수만 가지는 알고 있다. 그중 가장 쉽고 빠른 처치로는 '되로 받고 말로 주기'가 있겠다.

그 처치의 핵심은 내가 더 큰 소리를 내는 것이다. 한국 사회에서는 아직도 목소리 큰 놈이 이기는 법. 물론 아빠 앞에서 소리칠 용기는 없다. 그러나 김용진 씨의 딸이면서 작가이기도 한 나에겐 불특정 다수가 마주할 이 지면이 있지롱.

출간한 지 2년이나 지났는데도 몰랐으면서 화내기는! 내가 유명하기라도 했으면 조금이라도 미안했겠다!! 사람들이 작가인 나도 모르는데 내 아빠가 누군지까지 관심을 줄 것 같아? 자기애는 이쯤에서 접어두시지!!!

음. 느낌표를 양껏 썼으나 한 문단 정도로는 서운함이 가시지 않는다. 그래서 아빠, 이번에는 더 자세하게 쓰려고 해요….

온갖 술집을 전전하는 나지만, 인생에서 가장 오랜 시간을 함께 보낸 아빠와는 한 번도 살갑게 술잔을 부딪쳐본 적이 없다. 어른이 돼서 함께 술집에 간 적도 없을뿐더러, 아빠와 내가 술을 마신다는 것 자체가 잘 상상이 가지 않는다. '아빠'와 '술'이란 두 단어를 한 문장에 놓는 것도 어색할 지경이다. 아빠가 술을 나만큼 즐기지 않기도 하지만, 무엇보다 '우리가 술친구가 될 수 있을 것인가'라는 근본적인 의문이 든다. 함께 마실 때 아무 말을 하지 않아도 자연스럽게 즐겁고, 술잔을 부딪칠수록 대화도 더 깊어질 수 있을까. 아니, 우리가 대화란 걸 한 적이 있던가.

만약 아빠와 (굳이) 술집에 가야 한다면 꼽고 싶은 집이 있다. 정말 좋아하는 술집이지만 이름만큼은 좋아할 수 없는 집, 을지로의 '경상도집'이다. 여긴 갈 때마다 자연스럽게 아빠 생각이 난다. 아빠는 내가 가장 오랫동안 함께 산 경상도 사람이고, 대학 다닐 때부터 줄곧 서울에서 살았지만 아직까지도 심한 경상도 억양의 사투리를 쓰는 사람이고, 누가 봐도 경상도 출신인 사람이니까.

세상엔 정말로 다양한 경상도 집이 있겠지만, 안타깝게도 나의 뿌리, 나의 본적으로 등록되어 있는 경상도 집은 불합리한 가부장제의 산물 그 자체였다. 딸을 내리 다섯 낳고 여섯 번째가 돼서야 아들을 얻은 여자가 한참 후 일곱 번째 늦둥이를 낳은

집. 제일 유감스러운 것은, 그 늦둥이가 내 아빠라는 점이다(이 문장을 보고 바로 아, 탄식하는 분들이 꽤 많으실 거라 믿는다).

어렸을 때 나는 명절이나 제삿날이면 아빠를 따라 부산 할머니 댁에 가곤 했다. 횟수로 따지자면 1년에 다섯 번도 채 되지 않는데도, 당시의 장면들은 뇌리에 선명하다. 기름 냄새로 범벅 된 여자들로 가득한 좁은 주방과 일곱 남매 중에서 아들 둘에게만 허락되었던 널찍한 안방의 풍경 같은 것들이다. 그때의 난, 왜 남자들과는 한 테이블에 앉아서 밥을 먹지 못하고 반찬도 다른지, 왜 남자들은 일을 하지 않는지, 제사를 지내러 갔는데 난 왜 절조차 할 수 없는 건지 의문조차 가지지 않았다. 그때 그곳에선 그런 일들이 자연스러웠으니까.

이 기이한 풍경은 제사를 지내지 않는 서울의 집으로 돌아와서도 이어졌다. 아빠와 새엄마는 함께 출근하고 퇴근했지만, 식사를 준비하는 것은 새엄마와 나의 몫이었다. 여느 부부가 그렇듯 싸울 때도 많았지만 '입맛만큼은 신기할 정도로 잘 맞는다'며 시시덕대던 그들이었음에도, 그 밥을 차리고 치우는 것은 새엄마의 역할이었다. 저녁상은 단출하지도 않았다. 언제나 일품요리라고 할 만한 메뉴가 차려졌

고, 요리를 하지 않을 때면 불판에 고기를 잔뜩 굽곤
했다.

　　누군가 밥을 준비하고 차리고 치울 동안, 아빠
는 묵묵히 자신의 자리를 지켰다. 그러니까 정말 자
리에 앉아만 있었다는 뜻이다! 아빠에겐 '아빠 자리'
라고 명명된 1인 소파가 있었다. 4인 가족 구성원 중
단 한 명, 아빠만이 누릴 수 있는 자리였다. 지금 생
각하면 그저 초라한 1인 소파일 뿐인데, 그 당시엔
아빠의 엉덩이 밑에 있다는 것만으로 누구도 앉아서
도 안 되고 건드릴 수도 없는 왕좌가 되었다. 아빠는
식사가 준비되기 직전까지 그 자리에 앉아만 있었
고, 제일 먼저 수저를 들었으며, 식사가 끝나면 다시
앉아서 과일을 기다렸다(지금은 뭐든 스스로 잘해내지
만, 당시의 아빠는 정말 같이 놀고 싶지 않은 사람 유형이
다…). 배고픈 사람이 밥을 차려야 하는 당연한 분위
기가 점차 목소리를 얻는 2000년대로 접어들며 경
상도 집 막내아들의 왕좌도 철거되었다.

　　그렇다면 아직까지도 위풍당당하게 천막을 올
린 채 성업 중인 을지로의 '경상도집'은 어떠한가.
그곳은 모든 고정관념과 편견으로부터 자유롭다. 한
곳에서 50여 년간 영업하고 있는 노포지만, 나의 오

래된 경상도 집에서 고집스럽게 내세우던 고리타분하고 부조리한 문화가 느껴지지 않는다. 내가 아는 경상도란 지역의 장점으로 가득하다. 시원시원하게 터지는 사투리처럼 호쾌하다. 쿨한 것을 넘어 과감한 구석마저 있다.

이 집은… 엄밀히 따지면 '집'이라 부르기엔 애매한 꼴이다. 주소지로 찾아가면 차도와 인도 구분이 없는 시멘트 길 한쪽에 파란색 플라스틱 테이블과 의자들이 줄지어 있다. 작은 건물도 있긴 하지만, 바깥 자리가 더 인기다. 손님이라면 어디든 앉고 싶은 곳에 앉아서 먹고 마시면 된다. 성별이나 나이 차이 등의 이유로 앉지 못할 곳이란 없다. 날이 좋으면 뜨겁게 달아오르는 술기운을 식혀주는 바람을 맞으며 계속 마실 수 있고, 비가 내릴 때면 든든한 천막 안에서 빗소리를 배경음악 삼아 운치 있게 한잔 기울일 수 있다. 언제나 사람들이 넘치는 이 야장(野場)에선 아무리 시끄럽게 굴어도 제지받지 않는다.

반찬 역시 불필요한 노동력과 음식 쓰레기를 발생시키는 제사상과는 확연히 다르다. 주는 것이라곤 김치, 부추김치, 초고추장에 마늘 정도지만 부족할 일은 없다. 인원수에 맞춰 놓아주는 빨간 콩나물국은 계절에 맞춰 뜨겁거나 차갑다. 이 정도면 충분한 배려다. 먹지도 않을 음식들을 튀기고 굽고 삶는 대신, 진짜 먹을 사람들의 입에 들어갈 음식만 그때 그때 온도에 맞게 내어놓으면 되는 것이다.

메뉴 역시 하나다. 연탄불에 구워낸 돼지갈비만 파는데, 제대로 고집이 발휘된 선택과 집중의 미덕을 맛볼 수 있다. 강력한 연탄불을 뚫고 나온 돼지갈비는 군데군데 그슬려 더 맛깔스러워 보인다. 윤기가 도는 살코기를 입에 넣으면 생각지 못한 탄탄하고 촉촉한 식감에 한 번, 이 사이사이를 메우는 불향 가득한 육즙에 두 번 놀란다. 자르르한 기름기 때문에 느끼할까 싶을 때 시원하고 칼칼한 소맥을 말아 마시면 간이 딱 맞다.

대부분의 갈빗집에선 갈빗살을 불판에 직접 구워야 하지만, 이 집에선 이미 구운 돼지갈비를 접시에 담아준다. 그렇다면 이 돼지갈비를 누가 굽느냐? 사장님 가족이 남녀노소 할 것 없이 모여 앉아 정답게 굽는다.

우리 집이 을지로의 경상도집을 반만 닮았어도 좋았을 텐데. 살아 있는 사람을, 여성을, 가족이란 이름 아래 억압하고 착취하지 않는 집에서 자랐다면 나는 조금은 다른 사람이 되었을까? 나는 갖지 못한 과거를 안타까워하는 마음은 술 한 잔에 털어버리자고 계속해서 다짐한다. 내 것이 아닌 과거보다는 눈앞의 소주와 돼지갈비가 더 좋으니까. 아쉬워하며 뒤를 돌아보기보다 든든히 먹고, 힘을 내서, 내가 가질 수 있는 현재와 미래를 위해 싸우는 편이 더 낫다는 것을 알고 있으니까. 돼지갈비와 소맥으로 든든히 배를 채운 뒤 이 글을 쓰고 있는 것처럼. K-장녀 생존기는 내가 살아 있는 한 계속될 것이다.

첫 책을 읽고 화를 내던 아빠는 내 결혼식 날 책 200권 정도를 사서 본인의 지인들에게 답례품으로 나눠주었다. 그 뒤로도 사람들을 만날 일이 있으면 자꾸만 내 책을 주문했다. 전에 상상한 바로 그 일이 벌어졌나 싶을 때쯤 아빠는 다음 책에는 자신의 이야기를 쓰지 말라는 당부와 함께, 그럼 더 팔아주겠다는 말을 덧붙였다. 나는 그러거나 말거나 그 이야기까지 쓴다. 물론 아빠는 또 화를 낼 것이다. 늘어난 문장만큼 더 크게 화를 낼 것이 분명하다. 어쩔 수 없다. 경상도 집에서 꿋꿋하게 자라나 경상도 집에서 미친 듯이 취해본 K-장녀란 이 정도 고집은 있어야 하는 것이다.

지나고 보면 다 첫사랑

- 경기 판교 루프엑스

대체 첫사랑이란 게 무슨 의미가 있지? 이 '처음'이란 단어는 사랑 앞에만 붙으면 유난스러워진다. 영화 〈건축학개론〉의 수지 정도면 떠올릴 때마다 즐겁고 마음 한편이 아련하게 저려올지 몰라도, 나를 스쳐 간 고만고만한 녀석들을 돌이켜보는 건 하등 의미 없는 일이다.

첫사랑을 굳이 꼽자면, 유치원 때로 거슬러 올라간다. 사랑이란 단어에 티끌만큼의 의심도 갖지 않던 무지한 나이였다. 나는 우리 집에 종종 그룹 과외를 받으러 오던 남자애를 좋아했다. 얇은 눈매와 하얀 얼굴, 가느다랗고 찰랑거리는 머리카락을 가진 애였다. 그 애는 정신없이 뛰어다니고 지기 싫어하며 치마를 들추는 것으로 마음을 표현하는 또래 남자애들과는 달라 보였다. 내 주먹 한 방에도 나가떨어질 것 같은 그 앨 좋아하게 된 건 어쩔 수 없는 일이었다.

첫사랑은 실패한다고 하던가. 어릴 때부터 소심한 기질 탓에 좋아한다는 고백은커녕 제대로 말도 못 섞어보던 나는 친오빠에게만 속내를 털어놨다. 그리고 그는 동생의 여린 첫사랑을 보호해주기보단 모두가 모인 자리에서 내 마음을 폭로하는 것으로 나의 혈육임을 몸소 증명했다. 하얗던 얼굴이 새빨

개진 채 "쟤가 그럴 리 없다"고 하던 내 첫사랑이여, 그럴 리 없기는 뭐가 없어. 나는 울컥해서 첫사랑을 한 대 쳐서 울려버렸다.

내가 영화의 주인공이었다면 성인이 되어 그 앨 다시 술집에서 마주치고, 어떤 신체적 특징으로 인해 서로를 우연히 알아보며 운명을 깨닫고, 끊어진 줄만 알았던 인연은 '첫사랑'이란 제목으로 완성되었을 것이다. 물론 그런 일은 일어나지 않았다. 현실의 나는 남자친구가 생길 때마다 네가 내 첫사랑이라고 거짓부렁이나 치고 다녔다.

나의 사랑 고백이 진심인지 알아내기 위해 유도신문을 하는 애들도 있었다. 그럴 때마다 나는 조용히 눈을 내리깔며 아직 어려서 진짜 사랑이란 게 뭔지 모르겠지만 지금 너랑 만나고 있다는 사실이 제일 중요하지 않겠냐고 얼버무렸다. 어쩔 수 없었다. 내가 가졌던 관계들은 사랑이라고 순순히 인정하기엔 너무 보잘것없었으니까. 〈500일의 썸머〉에서처럼 한눈에 누군가에게 반한 적도 없었고, 〈러브 액츄얼리〉에서처럼 기억에 남을 정도로 강렬한 고백도 받아보지 못했으며, 〈이터널 선샤인〉에서처럼 이별로 인해 기억을 지우고 싶은 만큼의 슬픔과 그럼에도 다시 붙잡고 싶은 미련 같은 것도 없었다! 그럴 바엔 유치원 때의 해프닝을 첫사랑 삼는 게 차라리 나을 지경이었다.

대중매체가 선사하는 첫사랑에 대한 지나친 환상에 사로잡혀 있다는 걸 부정할 순 없겠다. 정우성, 강동원, 차은우, 송강… 그런 인물들이 얼굴의 개연성으로 빚어내는 로맨틱한 서사를 보며… 나는 내 인생에서 남자에 대해 아련하게 첫사랑 운운하며 위대한 의미를 부여할 의지를 잃게 되었으니까. 그래도 단언할 수 있는 게 있다. 사람을 통해서 배운 건 아니지만, 나도 '대중매체에서나 나올 법하게 환상적인' 첫사랑이 무엇인지 느껴본 적 있다. 나는 첫사랑이란 말을 들으면 술집을 떠올린다. 처음으로 마음을 뺏긴, 나를 술의 세계로 본격적으로 빠져들게 한 술집을.

이사 온 집 근처를 천천히 산책하며 동네를 익히던 날이었다. 그저 그런 카페, 이름 모를 공방, 평범한 삼겹살집 사이로 다른 차원에서 불시착한 것 같은 기묘한 가게가 보였다. 흰 바탕에 검은 글씨로 'cafe', 'bar'라고 프린트된 A4용지만 무심하게 붙어 있는 곳이었다. 그전까지 나는 안주 사진과 가격을 아주 크게 써 붙인 전단지, 거리를 장악할 기세로 울려 퍼지는 구슬픈 발라드 BGM, 걸음마다 따라붙는 횟집 아주머니들 멘트 같은 적극적인 영업이 훨씬 익숙했기 때문에 이런 무심함에 오히려 끌렸다. 아직 오픈 전인가? 간판을 만들 수 없을 정도로 장사가 잘 안되나? 들어올 거면 들어오고 갈 테면 가라는 이 인테리어는 대체 무엇이란 말인가?

그대로 돌아서기엔 코를 간지럽히는 인도풍의 인센스 향과 살짝 열린 문 사이로 엿보이는 기묘한 풍경이 자꾸만 호기심을 자극했다. 나는 마음이 거세게 당기는 걸 느끼며 별수 없이 문을 당겼다.

낯선 술집에서는 강렬한 기시감이 느껴졌다. 산처럼 쌓인 드라이플라워와 큼직한 로즈메리 화분들, 하얀색과 검은색의 주차금지 꼬깔콘들, 유리잔 안에 담긴 채 빛나는 작은 캔들과 함께… 초중고 학교생활 내내 함께하던 그 '교실 의자'들이 잔뜩 놓여 있었던 것이다. 성인이 되어 다시 앉을 일이 생긴 것도 당황스러운데, 심지어 의자 다리는 누가 반쯤 잘라났다. 당연히 앉았을 때 편하다고 할 수 없는 높이였는데, 몸은 금세 익숙한 자세를 잡아나갔다. 사람과의 만남이었다면 보통 이럴 때 '우리 어디서 만난 적 없어요?' 같은 대사를 치고 싶은 분위기였다. 기시감과 미시감 그 어딘가에서 나는 평정심을 유지하는 척 태연스레 메뉴판을 찾았다.

"어떤 스타일을 좋아하세요?"

침착한 찰리 채플린처럼 보이는 남자가 다가와 물었다. 저한테 말을 걸지 마시고, 가죽 커버를 넘기면 비닐로 싸인 채 메뉴를 나열하고 있는 종이가 든 책을 주시면 안 될까요? 물론 그렇게 말하진 못했다. 술집 내부는 정말 '힙'했고(2014년 당시에는 '힙'이란 단어를 쓰지 않았던 것 같은데 이 이상으로 함축적으로 표현할 수 있는 단어를 아직도 찾을 수가 없다), 나는 그 분위기의 일부가 되고 싶었으니까.

"맛있는 거요."

그는 메뉴판은 없고 취향을 알려주면 추천해준다고 덧붙였지만, 당시의 나는 취향도 성의도 없어 보이는 대답밖에 할 말이 없었다. 지금이야 국산 수제 맥주도 편의점에서 팔지만, 2014년도 무렵의 우리나라는 알코올 다양성 측면에서 정말 척박한 땅이었고, 나의 술 세계도 굉장히 얕았기 때문이라고 뒤늦게 변명해본다. 카테고리를 대표하는 한두 개 정도의 술만이 내가 아는 전부였다. 그러니까 초록 병에 담긴 소주, 갈색 병에 담긴 맥주, 영어 이름이 붙은 채 온갖 단맛이 나는 칵테일(기억나는 건 언제나 '섹스 온 더 비치'밖에 없었다), 장수 막걸리, 우리 아빠

한텐 없지만 누군가의 아빠 장식장에 있을 것 같은 양주, 냄새나는 고량주, 그리고 유럽 사람들이 만드는 신의 물방울 정도.

"어떤 맛을 좋아하세요?"

그분은 참으로 침착하게 되물었다. 술에서 대체 얼마나 다른 맛이 날 수 있는지 가늠도 못 하던 나는 침묵이 필요 이상으로 길어지기 전 냉큼 답했다.

"맥주 하나 추천해주세요."

그가 준 맥주는 벨기에의 한 수도원에서 만들었다는 크래프트 비어였다. 수도원에서 만든 맥주라니, 절에서 발효한 막걸리나 교회에서 증류한 보드카 같은 소리라고 생각하며 미심쩍은 눈으로 맥주를 머금는 순간 난 깨닫고 말았다. 사랑에 빠지는 덴 정말 3초면 충분하구나! 한 모금에 흑설탕, 한 모금에 밀크 초콜릿, 한 모금에 벌꿀… 맥주가 목구멍으로 한 모금씩 넘어갈 때마다 나는 처음 맛보는 크래프트 비어의 풍미에, 그 맛을 형상화한 듯한 라벨에, 그리고 이 모든 것을 존재하게 하는 이 술집 '루프엑스(rufxxx)'에 빠져들었다.

감탄사를 연발하는 나를 보며 그는 '이 맥주가 맛있는 이유'를 본격적으로 설명하기 시작했다. 이 맥주를 탄생시킨 곳(만 해도 나라, 브루어리, 브루어로 계속해서 이어진다), 수도원에서 대체 왜 맥주를 만들었는지, 그렇게 만든 수도원 맥주의 특징, 맛의 느낌, 어쩌고저쩌고… 꿀꺽 마셔 없어질 맥주 한 병에 담긴 이야기가 이렇게나 많다니. 안타깝게도 시간이 너무 지난 관계로 자세한 내용까지 생각나진 않는다. 다만 마음에 담아둔 것은 맥주가 이렇게도 맛있을 수 있다는 사실과 맛있는 맥주를 설명하는 사람의 들뜬 얼굴이다. 이 사람은 맥주와 사랑하고 있구나. 맥주란 건 사랑에 빠질 만한 거구나.

그날부턴 일사천리였다. 크래프트 비어를 마실 수 있는 술집은 여럿 있었지만, 루프엑스는 집에서 10분이면 갈 수 있었으니까. 집에서는 눈 뜨고 있는 시간도 아까웠다. 퇴근과 취침 사이 대부분의 시간은 루프엑스에서 작달막한 교실 의자에 앉아 자체 맥주 수업을 강행했다. 람빅이나 괴즈 같은 사워 에일, 미켈러나 투올 같은 집시 브루어리의 맥주, 배럴 에이지드 맥주, 코르크 마개나 왁스로 마감된 맥주, 몇 년씩 숙성시켜 마시는 맥주… 세상에는 맥주만 해도 정말 셀 수 없이 많은 스타일이 있었다! 학교에서 발휘된 적 없던 학구열은 루프엑스의 교실 의자 위에서 불타올랐다.

나는 루프엑스에서 일주일에 일곱 번 오는 손님, 모든 메뉴를 다 먹어본 손님, 가게 문을 닫을 때까지 자리를 지키고 있는 손님이 되었다. 돈 말고도 술집을 사랑하는 마음을 표현하고 싶어 안달 나 있기도 했다. 필름 카메라로 루프엑스 내부를 찍은 사진을 인화해 뒷면에 짧은 편지를 써서 선물하기도 했다. 아이슬란드에 다녀왔을 땐, 양손 가득 짐이 무거워 한 병만 들고 올 수 있었던 아이슬란딕 스타우트를 침착한 찰리 채플린을 닮은 맥주 선생님인 황재상 씨에게 주기도 했다.

내가 사랑하는 친구들과 내가 사랑할지 말지 고민하던 남자들 역시 이 집을 거쳤다. 내가 처음 루프엑스에 들어왔을 때처럼 그들이 당황스러운 얼굴로 내부를 둘러보고, 어정쩡한 자세로 앉고, 생전 처음 보는 맥주를 마시는 순간을 지켜보았다. 그리고 그 모든 것들에 대해 서서히 빠져드는 얼굴들을 가끔 사랑했다. 아니다. 정확히는 그 사람이 풍경의 일부가 된 루프엑스를 사랑했다.

초기엔 이상할 정도로(라기엔 물론 위치가 어울리지 않는 곳에 있긴 했다) 사람이 없었던 루프엑스는 너무나 당연하게도 얼마 지나지 않아 몹시 북적거리게 되었다. 좀만 나이 먹으면 대박 나겠는데, 싶던 남자친이 실제로 정변한 것을 지켜보는 느낌이랄까.

루프엑스에 처음 들어간 날을 떠올리면 여전히 설렌다. 무슨 스타일을 좋아하냐는 질문을 받던 순간의 조명, 온도, 습도와 술렁거렸던 마음이 그대로 살아난다. 그날로부터 나는 술의 맛에 본격적으로 빠져들었고, 내가 무엇을 얼마나 사랑할 수 있는 사람인지도 알게 되었으니까.

ㄱ 동네를 떠나온 지 벌써 3년째다. 나는 가끔씩 루프엑스가 여전한지 인스타로 검색해본다. 이 글을 쓰는 지금도 루프엑스는 여전히 내 기억 속 모습 그대로다. 내 첫사랑이 계속해서 변함없길 바라며 '좋아요' 하트를 누른다.

해장과 음주를 반복하는 뫼비우스의 띠

- 강릉 벌집칼국수와 서울 도화동 황태뚝배기해장국

완벽한 술집이란 무엇인가. 주종이 다양한 집? 손맛이 좋은 집? 깔끔한 화장실이 있는 집? 수많은 정답들 사이에서 나는 부르짖는다. 해장! 해장을 할 수 있는 집이야말로 진정한 술집이다!

　　보통의 해장은 술의 흔적을 지우는 데만 급급하지만, 진정한 해장은 술을 다시 원하게 만든다. 술이 있어야 해장도 할 수 있고, 해장을 해야 술도 다시 마실 수 있는 법이니까. 이것이 가능할 때, 주정뱅이들은 현실에서 탈출해 2차원의 이상향으로 진입한다. 한 면은 음주, 다른 한 면은 해장이라고 쓰인 뫼비우스의 띠다. 이 때 위에서 달리는 주정뱅이들은 술을 마시기 위해 해장을 하는지 술을 깨기 위해 해장을 하는지 점점 알 수 없게 된다. 그러나 의심하지 말고 달려라. 계속해서 달려라. 달리다 보면 러너스 하이(runner's high) 못지않은 드링커스 하이(drinker's high)로 보답받을 것이니.

강릉 벌집칼국수

술집을 다니다 보면 발달하게 되는 능력이 있다. 주정뱅이의 직감이다. 건물의 외관이나 간판만 보고 맛을 가늠할 수 있는 일종의 '레이더'다. 이를 십분 발휘하여, 많이 알려지지 않았지만 술맛 도는 안주를 노련하게 만들어내는 노포들을 찾았고, 흔한 모습이지만 흔하지 않은 솜씨를 가진 술집들을 여럿 발굴했다. 그리고 이 레이더는 술을 팔지 않을 것 같은 음식점에서도 술집의 기색을 찾아내기에 이른다.

'벌집칼국수'는 강릉의 유명한 장칼국수를 먹으러 오는 사람들이 찾는 곳이다. 장칼국수 하나만을 팔고 있어 별다른 메뉴판도 없다. 그 뻔하고 평화스러운 곳에서 난데없이 레이더의 경보음이 울렸다.

1차 위기 상황 발생! 깍두기 주제에 술을 부르고 있습니다! 여름 햇살처럼 쨍하게 매콤달콤한 깍두기라니. 씹을 때마다 진득한 양념을 터트리며 오독오독 소리를 내는 깍두기는 김장을 해본 적 없는 나도 눈치챌 수 있을 정도로 제대로 절여진 최상의 상태를 자랑했다. 깍두기를 두 개째 젓가락으로 집고 나자 소주가 간절해졌다.

2차 위기 상황 발생! 평범해 보이는 김치의 맛이 평범하지 않습니다! 장독대에서 적당히 오래 익힌 것처럼 진득하니 새콤한 김치는 깍두기와는 절묘하게 다른 양념의 한 축을 선보였다. 매콤달콤에 이어 새콤까지… 너무하다. 이건 반찬이 아니라 일품메뉴다…! 장칼국수가 나오기도 전에 나와 친구들은 술을 파는 곳으로 당장 뛰쳐나가고 싶었다.

메인 메뉴인 장칼국수를 먹으면 잊을 수 있겠지, 생각했지만… 진정한 위기는 장칼국수 그 자체였다. 간 고기, 김가루, 애호박, 버섯, 양파가 보기 좋게 고명으로 올라가 있는 데다 계란까지 풀어진 붉은 육수는 보기만 해도 매콤해서 입술이 바르르 떨려왔다. 고명을 흩트리지 않고 국물부터 경건하게 한 술 넣는 순간, 숟가락을 그대로 떨어뜨릴 뻔했으나 조금이라도 흘리는 게 아까워 가까스로 손목에 힘을 주어 버텼다. 깍두기와 김치에 이어, 소주를 간절하게 부르는 장칼국수여! 이렇게까지 '타는 목마름으로' 부르면 어떻게 응답하지 않을 수 있단 말인가! 메뉴판에도 없고 각종 블로그 게시글에도 나와 있지 않으며 가게 안의 그 누구도 술을 마시고 있지 않았으나, 소주를 부르는 이 떼창에 동참해야 한다는 주정뱅이의 레이더가 강력하게 작동했다.

　"여기 깍두기 하나 더요. 그리고 혹시… 소주 있나요?"

　"어떤 걸로요?"

　소주라면 가리지 않고 먹을 준비가 되어 있던 나와 친구들은 눈물을 흘릴 뻔했다. 그러나 술 마실 때 수분은 몹시 중요하므로 눈물은 잠시 넣어두고 우리는 소주병을 잽싸게 흔들었다.

얼큰함 끝에 달달한 감칠맛이 묘하게 감도는 장칼국수 국물. 소주 한 잔. 어죽처럼 진득하게 목구멍을 타고 내려가서 알코올의 싸한 기운을 단숨에 눌러버리는 장칼국수 국물. 소주 한 잔. 소화가 힘든 어르신들도 쉽게 먹을 수 있을 것처럼 이미 부드럽게 풀어진 장칼국수 면발. 소주 한 잔.

아아. 그곳은 칼국숫집이었으나 제게는 칼국술집이었습니다.

서울 도화동 황태뚝배기해장국

"아직 젊어서 괜찮지만 술을 줄이고 운동을 더 하세요."

하하, 아직 괜찮군요! 그렇게 그냥 웃고 넘기기엔 의사 선생님 얼굴이 진지했다. 그런데 말이죠, 의사 선생님… 제가 몰랐다면 계속 마셨겠지만… 알면서도 계속 마시는 건데요… 물론 몸으로 느끼고 있고 머리로는 이해합니다만… 저한텐 마음도 있잖아요?

술을 마셔야 살 것 같은데 술을 마시면 죽을 것 같다. 몸은 술을 한사코 거부하는데 마음은 술에게로 끊임없이 달려간다. 술은 몸이 마시는 게 아니라 마음이 마시는 거란 생각도 든다. 몸은 술을 필요로

하지 않는다. 기분 나쁘게 답답해지는 열기도, 과도한 배부름도, 역겨운 구토감도, 토할 때 모세혈관이 다 터져 벌게지는 눈자위도, 제자리를 잃고 입으로 넘어오는 위액도, 가끔씩 빨갛게 올라오는 두드러기나 참을 수 없는 두통도. 몸은 술을 싫어한다. 끔찍하게 싫어한다. 모든 증거가 명백하다.

그럼에도 마신다. 마음이 그러자고 결정했으니까. 그렇게 마음 가는 대로 살다가 훅 갔다. 어디로? 또다시 병원으로…. 수액을 맞을 땐 편안한데 영수증을 받고 나면 이게 대체 술이 몇 병이야, 몸서리가 쳐졌다. 경제적으로도 신체적으로도 지속 가능한 음주 생활을 위해, 본격적인 몸 관리까진 힘들더라도 해장을 할 때만은 술을 마시지 않기로 결심했다. 그러기 위해서는 애초에 술을 팔지 않는 해장국집에 가야 했다. 바로 '황태뚝배기해장국집'에.

이 집은 이름에서 알 수 있듯 황태를 해장의 용도로 진화시키는 데 최고의 능력을 보유하고 있다. 이곳에서 수저를 든다는 건 내 마음이 몸에게 내밀 수 있는 최대의 화해 제스처다.

팔팔 끓어오르는 내 몫의 뚝배기 속에 수저를 넣고 휘저으면 먹음직스러운 황태 살들이 끝도 없이 나오며 김을 뿜어낸다. 혹독한 추위와 바람을 견뎌

새롭게 태어난 생선 황태에 담긴 인내와 너그러움을 단전에서부터 받아들이면 다시 새사람으로 태어날 수 있다. 그러나 몸과 마음의 극심한 부조화를, 다시 말해 고통스러운 숙취를 겪고 있다면 대뜸 건더기부터 밀어 넣을 순 없다는 게 문제다. 그 무엇도 받아들이기 버거워하는 몸에겐 뜨끈한 국물로 조금씩 조심스러운 화해의 숟가락질을 건네야 한다.

온몸 구석구석 퍼지는 따듯하고 진한 국물은 황태 그 자체다. 뭔가를 씹을 여력도 없는 주정뱅이를 위해 액체화된 황태를 목구멍으로 넘기면, 식도를 타고 스멀스멀 올라오던 시큼한 술 냄새가 서서히 흐려지고, 경직되어 있던 안면 근육이 서서히 풀어지면서 손끝까지 조금씩 다시 말랑말랑해진다. 몸이 방심한 바로 그 틈을 타서 냉큼 커다란 황태를 입에 넣는다. 황태 육수를 잔뜩 머금고 있는 도톰한 황태는 이에 닿는 순간 국물이 채 채워주지 못한 풍만한 느낌을 선사하고, 어색하게 삐걱거리던 저작근은 점점 탄력을 되찾는다. 두 눈으로 확인할 순 없지만, 걸레짝이 되었던 간도 서서히 다시 붉어지며 힘차게 펄떡거리는 것 같다. 이 집도 나도, 황태로 할 수 있는 최선을 다했다.

아, 살았다. 몸이 안심하는 순간 마음이 다시

빙그레 웃는다. 그럼 이제 다시 마실 수 있지?

역시 좋은 해장국집이야말로 술집이 되기 위한 완벽한 조건을 갖추고 있다. 해장국집이 술집 되는 건 "여기 한 병이요"라는 주문 한마디면 끝나는 일이다. 물론 황태뚝배기해장국집은 고객의 몸을 지나치게 배려한 나머지 술을 팔지 않는다.

어쩔 수 없이 나는 위에 술을 잔뜩 담아 간다. 여기서 마실 수 없다면 미리 마시면 되지. 아… 원래 이게 해장인가…? 어쨌거나 늘 이 집의 황태해장국 맛을 떠올리며 술을 마셔서 그런지, 이 집에서 해장국을 마실 땐 꼭 술을 잔뜩 마신 다음이어서 그런지, 나는 술을 팔지 않는 이 집이 술집처럼 느껴진다. 머리로는 그저 해장국집이라는 걸 알지만, 해장국집을 술집으로 만드는 건 그 사람의 마음에 달린 일이니까.

물론 뫼비우스의 띠 한 면을 당당히 감당해낼 만큼 훌륭한 해장국집은 셀 수 없이 많다. 선짓국, 평양냉면, 곱창전골… 해장을 하라는 건지 술을 마시라는 건지 도통 의도를 알 수 없는 집들이 주마등처럼 스친다. 드링커스 하이가 찾아오는 장소는 언제나 다르지만, 발생하는 시점만큼은 매번 비슷하다. 푸르스름한 새벽빛이 거리에 내려앉고 쓰레기 수거

차량의 소음이 모닝콜처럼 울려 퍼질 때, 해장과 음주라는 각기 다른 세계가 결국 해장술이라는 궁극점으로 합쳐지고야 말 때. 비로소 마라톤 같은 술자리의 마지막 지점을 돌파한 러너는 드링커스 하이를 경험한다. 이 '하이한' 상태를 묘사할 때 보통 하늘을 나는 느낌, 꽃밭을 걷는 기분이라고들 한다. 추락할 때 몹시 타격이 클 하늘이며, 정신을 차리고 보면 가시덩굴이 무성한 버려진 꽃밭이겠지만…. 어쨌거나 이 찰나의 행복 때문에 나는 오늘도 달린다.

한라산으로 맞는 미라클 모닝

- 제주 삼일식당

한라산을 좋아한다. 오를 수 있는 한라산이 아니라 마실 수 있는 한라산 쪽이다. 투명하게 비치는 병에 담긴 소주는 한라산 백록담까진 아니어도 그 언저리의 기운 정도는 담긴 영험한 약수 같다. 괜히 신선하게 느껴지는 기분은 덤이다.

한라산을 마실 수 없던 어린 시절의 나는 한라산을 싫어했다. 물론 처음부터 한라산을 콕 집어서 싫어했던 것은 아니다. 모든 산이, 정확히는 산을 오르는 일이 싫었다. 그런 나에게 부모님은 주말마다 산에 가자고 했다.

"어차피 내려갈 거 왜 올라가야 해?"

나의 투정은 어차피 죽을 거 왜 사냐, 어차피 쌀 거 왜 먹냐, 어차피 일어날 거 왜 자냐라는, 인간의 기본 생존권까지도 무시해버리는 변형 문장들로 단칼에 차단되었다. 그래서 산이 더 싫어졌다.

이 감정은 제주도로 떠난 가족 여행에서 한라산을 강제 등반하게 되면서 절정을 맞는다. 나의 정신보다 신체적인 건강을 더 중요시한 부모님은 기어이 나를 한라산으로 데려갔다. 아무리 힘들어도 중도 하차는 당연히 불가능했다. 다시 내려갈 수 없다는 이유만으로 꾸역꾸역 정상에 올랐지만, 부모님의 기대와 달리 뿌듯해하거나 감동하는 일 따위는 일어나지 않았다. 다만 '한라산에 올라간 적 있다'고 말할 수 있게 되었을 뿐이다.

반나절 가까이 산을 오르내리느라 발톱에 멍까지 들었던 한라산에 대한 고통스러운 기억은 한라산을 마실 때면 빼놓지 않고 곁들이는 무용담이 되었다. 지나간 고통은 서서히 희미해지는 법. 한라산을 한 병씩 마실 때마다 나는 그만큼씩 한라산이 좋아졌다. 한라산을 마실 때면 내 영혼이 제주도로 날아가 한라산을 정복하는 것만 같았다. 자리에서 소주잔을 넘기는 것만으로도 산을 오를 수 있다니, 이 얼마나 쉽고 즐거운 일인가! 술에서 깨어날 때마다 내가 산을 오른 것이 아니라 술기운이 나를 타고 올랐을 뿐이라는 사실을 깨닫고 말았지만.

한라산이 맛있기 위해서는 두 가지 조건이 충족되어야 한다.

첫째, 한라산을 팔 것.

둘째, 제주도와 관련된 안주를 팔 것.

제주도와 조금이라도 더 연관성이 높을수록 취기는 빠르게 오른다. 이젠 서울에서도 한라산 소주를 흔히 만나볼 수 있지만, 역시 제일 좋은 건 제주도 술집에서 오르는 한라산이다. 그중에서도 내가 가장 좋아하는 입산 코스는 내장탕을 파는 협재의 삼일식당이다. 제주도 하면 자연스레 떠올릴 법한 흑돼지나 다금바리도 아니고 내장탕이 웬 말이냐 하겠지만, 무릇 제주식 브런치는 내장탕이라는 제주도민들의 강력한 주장이 있었다.

그 주장을 펼친 제주도민은 한림읍에서 동네 서점 '아베끄'를 운영하는 강수희 씨다. 돌담 사이로 난 오솔길을 지나면 나오는 아베끄는 제주 특유의 분위기를 한껏 자아낸다. 푸릇푸릇한 텃밭이 있는 너른 마당 안쪽에 자리한 작은 서점을 바라보고 있으면 마음까지 평화로워진다. 서점 안으로 들어서면 큰 창 커튼 사이로 환한 햇살이 쏟아져 들어와 서가에 꽂힌 책들을 감싸 안는다.

처음 방문한 날 아베끄의 아름다운 풍경에 푹 빠져 있는데, 강수희 씨가 대뜸 물었다.

"고기 먹고 갈래요?"

"…?"

강수희 씨는 책방 앞마당에 주변에서 주워 온 장작과 솔방울들을 쌓고 불을 지피더니 말로만 듣던 흑돼지 토마호크를 꺼냈다. 낮에 책과 잡화를 포장해주던 그의 손은 목장갑을 낀 채 능숙하게 뼈를 잡고 고기를 구웠으며, 인스타그램에 찍을 만한 사진

이 나올 수 있도록 포즈를 잡는 여유까지 보였다(알고 보니 그는 책방 사장님의 신분으로 인스타그램에서 토마호크를 완판한 대단한 사람이었다). 고기만으로도 배가 찰 것 같은 양이었으나, 그는 고기가 다 떨어지기도 전에 타우린이 간에 좋다며 문어를 넣은 라면을 끓였다. 그러더니 라면을 다 먹기도 전에 장작 사이에서 호일에 감싼 감자를 꺼내 내밀었다. 우리는 갑작스럽게 내린 비 때문에 돌이켜보면 천국이었던 먹방 지옥을 탈출할 수 있었다. 그렇게 마음의 양식만큼이나 몸의 양식도 중요하게 생각하는 그가 호언장담한 곳이 삼일식당이다.

한라산에 오르기 위해서는 일찍 일어나야 한다. 자칫하다 해가 지면 위험하기 때문에 산을 오르는 시간이 정해져 있다. 삼일식당도 마찬가지다. 해가 떨어질 때까지 마시면 집에 찾아갈 정신을 잃기 때문…은 아니고, 보통 점심 피크 시간이 끝나면 재료가 떨어져 문을 닫는다. 다음 날의 숙취는 마음 편히 늦잠으로 해결하는 주정뱅이들에겐 가혹한 영업시간이다. 어쩔 수 없이 미라클 모닝 음주법을 감행한다.

미라클 모닝(2016년 미국인 저술가 할 엘로드가 쓴 동명의 자기계발서에서 따온 개념이다)이란 '아침형 인간'의 2021년 업데이트 버전이다. 사람들은 새벽부터 일어나 운동이나 공부, 하다못해 이불 개기와 같은 소소한 습관을 반복하는 식으로 자신만의 루틴을 만들고, 그걸 유튜브나 인스타그램에 올린다. 그렇다면 미라클 모닝 음주법이란 무엇인가? 어쨌든 아침에 깨어 있기만 하면 된다는 생각으로 해가 뜰 때까지 마시는 음주 행태를 일컫는다. 불굴의 정신력으로 우리는 입산에 성공했다.

삼일식당은 이른 시간에도 불구하고 등산복을 입은 사람들로 우글거렸다. 어수선한 와중에도 보글보글 끓는 뚝배기는 신속하게 도착했다. 굵게 다진 마늘을 팍팍 넣고 국물 한 술. 이놈의 술은 해장국을 먹을 때도 빠지질 않는 단어다. 막걸리를 시킬 수밖에 없다. 이 막걸리는 산에 본격적으로 오르기 전에 몸을 풀어주는 계단이다. 막걸리로 몸을 달구는 워밍업이 끝나면 소주잔을 든다. 본격적인 산행 시작이다.

한라산을 올라본 자만이 그 높이를 알 수 있다. 삼일식당의 국물과 한라산 소주를 번갈아 마셔본 자만이 그 깊이를 알 수 있다. 심지어 이 산행 코스는 어찌나 빈틈없이 다채로운 풍경을 자랑하는지. 소주잔 걸음마다 그득그득한 선지와 내장 모듬이, 풍성

한 콩나물과 우거지가 반긴다. 멜젓과 쌈장에 번갈아가며 허를 놀리다 보면 심심할 틈이 없다. 힘들 새도 없다. 내장탕 특유의 누린내라는 장해물을 만날 법도 하지만, 삼일식당에서는 그저 매끄럽게 닦아놓은 꽃길만 오르는 기분이다. 그러고 보니 한라산을 오를 때 노랗게 펼쳐진 유채꽃밭을 봤던 것도 같다. 물론 나는 앞이 노래질 때까지 마시는 게 더 좋지만.

내장탕에 대해 설파한 또 다른 제주도민은 함덕에 있는 '만춘서점' 사장님 이영주 씨다. 만춘서점 역시 아베끄와 마찬가지로 서점 주인의 취향으로 꾸며진 작고 아담한 동네 책방이지만, 분위기는 사뭇 다르다. 아베끄가 서정적이라면, 만춘서점은 모던하달까. 시원하게 뻗은 야자수를 앞에 둔 흰색 건물은 미국 LA나 동남아시아 어느 휴양지의 한 풍경을 뚝 떼온 것 같기도 하다. 마음까지 뻥 뚫리는 듯한 이국적인 풍경에 푹 빠져 있는데, 이영주 씨가 대뜸 물었다.

"어제까지 숙취로 힘들다가 오늘부터 마실 수 있는데 마침 어떻게 알고 오셨어요?"

"…?"

나는 모르겠는데 그는 다 안다는 듯 캔맥주를 건넸다. 아베끄의 강수희 사장님이 나의 위를 뒤흔들었다면 만춘서점의 이영주 사장님은 나의 간을 뒤흔들었다. 우리는 책방에 마련된 의자에 앉아 캔맥주를 하나둘 까다가, 근처 술집으로 이동해 한라산에 오르다가, 마침내 사장님의 집으로 도달해 백록담에 뛰어든 사람들처럼 알코올에 흠뻑 젖었다.

한라산 소주를 기준으로 보았을 때 등산객보다는 산악인이라고 불러야 할 것 같은 이영주 씨는 함덕에 있는 '골목식당' 내장탕이 제일 맛있다고 주장했다. 그의 음주 행태를 보았을 때 그곳은 틀림없이 훌륭한 입산 코스일 것이다. 그러나 여행에서 미라클 모닝을 두 번이나 감행할 수 없었던 나는 골목식당에 가진 못했다. 원래 미라클이란 흔하게 일어나지 않는 법이니까.

1950미터의 한라산 정상을 본 기억은 있지만, 21도의 한라산은 도무지 정복해본 적이 없다. 정상에 올라간 것은 분명할 텐데, 하산의 과정이 도무지 생각나질 않기 때문이다. 등반 후의 숙취도 만만찮다. 하지만 두 한라산 중 선택하라면 역시 마시는 쪽이다. 술집에서 시작되는 한라산 등반이라면 언제든 오를 준비가 되어 있다. 몸은 아니지만 마음만큼은 프로 산악인이니까!

마스터의 주(酒)입식 교육

- 부산 모티

10년 넘게 주입식 교육을 받으며 자랐는데, 스무 살이 되니 갑자기 내 꿈을 찾으란다. 하라는 것보다 하지 말라는 게 더 많은 생활을 해오다가 이젠 알려줄 만큼 알려줬으니 알아서 제 갈 길 가라는 분위기가 도무지 적응되지 않았다. 무한한 자유를 얻었다는 기쁨보다는 허허벌판 같은 빈칸으로 머리를 새하얗게 만드는 주관식 시험지를 받은 듯한 참담한 심정이었다. 이때까지 정답은 '바른 답'이 아니라 '정해진 답'에 가까웠는데, 앞으로 난 어떤 답을 써내야 할까. 왜 당장 절실하게 하고 싶은 게 없는 거지?

특성화 고등학교에서 영화를 찍기도 했지만, 막상 해보니 내 길이 아닌 것 같다는 생각만 남았을 뿐인데. 세상의 수많은 선택지 속에서 이제 겨우 하나를 제외했을 뿐인데. 앞으로의 미래는 채점할 사람이 있는 것도 아니었고 정해진 시간이 있는 것도 아니었으며 하나의 답만 내야 하는 것은 더더욱 아니었지만, 무수히 반복된 시험의 역사는 나를 습관처럼 시험에 빠뜨리며 초조하게 만들었다. 하다못해 교복 아닌 옷을 입는 일조차 버거웠다. 대체 나에게 어울리는 스타일은 뭔지, 시행착오를 겪으며 이것저것 코디해보기에 자본은 왜 이렇게 부족하기만 한지. 정해진 교복을 입고, 정해진 시간에 맞춰, 정해진 교육을 받을 때가 오히려 마음 편했다는 생각마저 들었다. 이십대의 나는 자유롭기보다는 막막했다.

인생 계획을 빅 데이터에 미루고 싶은 마음에 사주를 보기도 했다. 도무지 해석 불가한 한자 덩어리들은 내 미래의 답을 알려줄 『마법천자문』처럼 보이기도 했으나, 역술가는 흔한 자기계발서에서 그대로 가져온 것 같은 말들만 늘어놓았다. 그는 불만스러운 내 표정을 읽었는지 참으로 교묘하게 상담을 끝맺었다.

"사주로 큰 테두리는 알려줄 수 있어요. 하지만 그 안에서 어떻게 할지는 결국 본인의 선택입니다."

내가 가진 식재료가 뭔지는 알려줄 수 있지만, 그걸 볶아 먹든 튀겨 먹든 전적으로 내 몫이란 소리였다. 맥이 탁 풀렸다.

시간은 자꾸만 흘렀다. 언제 뒤집힐지 모르는 거대한 모래시계 속에 갇힌 것만 같았다. 그간 뭐라도 했다면 뭐라도 되지 않았을까. 근데 대체 뭘? 뭔가를 좋아하게 된다는 생각만 해도 덜컥 겁부터 났다. 좋아하는 일은 마음을 쓰는 일이니까. 보잘 것 없는 대상에 마음을 통째로 내어줄까 봐 무서웠다.

"걱정하지 말고 설레어라…"

부산 산복도로에 자리한 바(bar) '모티'가 직접 만든 달력에 적힌 문구다. 달력을 만든 모티의 사장님, 사장님보다는 마스터라는 호칭이 훨씬 잘 어울리는 조태진 씨는 이 문구를 삶으로 실천하는 사람이다. 그는 주(酒)입식 교육을 통해 손님들이 자신이 좋아하는 위스키가 무엇인지 직접 발견하게 만든다. 그리고 손님이 깨닫는 건 미각에 대한 취향만이 아니다. 마음에 드는 게 무엇인지 알아내는 건 결국 자기 마음을 자세히 들여다보는 일이 되니까. 깨달음을 얻기 위해선 산복도로에 있는 빨간 철문의 인터폰을 누르기만 하면 된다.

메뉴판은 없으나 마스터가 그야말로 모든 것을 '마스터'하고 있는 모티에서는 그에게 술을 얼마나 마실 예정인지 털어놓는 것이 주문의 시작이다. 마스터는 무슨 말이든 신중하게 듣고, 술로 답한다.

다른 바에서 흔히 볼 수 있는 위스키도 물론 있지만, 희귀한 올드 보틀과 한정판 위스키들이 주연이다. 글렌모렌지를 주문하면 루이비통 그룹이 소유하기 이전의 올드 보틀과 이후에 리뉴얼된 병을 같이 꺼내 보여주고, 올드 보틀에서 위스키를 한 잔 따라주는 식이다. 서점으로 치면 희귀한 초판본들로 가득한 곳이라고 할 수 있겠다. 최신 개정판과의 차이를 하나하나 분석하는 것에서 초판본의 가치를 느끼는 것이 아니듯, 올드 보틀의 맛이 얼마나 다른지 세세하게 분석할 필요는 없다. 다른 술에 비해 오랜 시간이 담긴 술이 위스키인 만큼, 그 시간의 흐름을 올드 보틀의 디자인을 보며 조금이나마 가늠해보는 것만으로도 족하다. 그러다 보면 그 시간을 견딘 위스키에 대해 좀 더 각별해질 수 있으니까.

인생 위스키라 불러도 부족함이 없을 '블랑톤 스트레이트 프롬 더 배럴'도, '프라팡(Frapin) XO' 코냑도, '글렌파클라스 패밀리 캐스크 96년 빈티지'도 모티에서 처음 마셨다. 그때마다 놀란 눈으로 "이게 제일 좋다!"고 외치는 나에게 마스터는 답했다.

"제일 좋아한다고 말하는 건 아무래도 위험하죠."

확신에 찬 듯한 분명한 발음과 어미를 부드럽게 마무리하는 중저음의 목소리에선 어떤 품격까지 느껴졌다. 그는 그 말을 증명하듯 나를 놀라게 만드는 술을 끝없이 꺼냈다. 술마다 가진 이야깃거리도 맛깔스럽게 곁들여서(그는 라가불린 8년을 '솜씨 좋은 아줌마가 무친 겉절이같은 맛'이라고 표현하는 사람이다. 어떤 술이든 그의 말을 거치면 더 맛있어진다). 그가 보여주는 방향을 한 잔 한 잔 따라가다 보니 나 역시 나만의 길을 만들 수 있게 되었다. 그리고 그렇게 마실 줄 아는 스스로에 대한 사랑도 덩달아 깊어졌다. 지금은 나 역시 확신한다. 제일 좋아한다고 말하는 건, 나와 술의 가능성을 동시에 얕보는 일이다.

마스터가 알려준 것은 술에 대한 취향뿐만이 아니다. 모티에서라면 술에 취하는 것은 물론 술 앞에서 취해야 할 올바른 자세까지도 배울 수 있다.

내 인생의 고정 메이트 승용과 절친한 술친구 다영, 현우와 함께 모티를 찾은 날이었다. 그날 역시 쉽게 만나보기 힘든 온갖 위스키들이 입을 거쳤다. 히비키 17년, 카뮈(camus) 조세핀, 아란 포트 캐스크, 크리스찬 드루앵 칼바도스, 햄던(Hampden) 자메이칸 럼…. 워낙 술을 잘하는 친구들과 함께였던 게 문제였던가. 위스키를 열여섯 잔이나 마셨는데 취하지는 않고 배가 고팠다. 모티의 안주라고 해봐야 위스키의 맛을 크게 해치지 않는 가벼운 맛의 과자나 초콜릿 정도였으니까. 새벽에 영업하는 적당한 음식점을 찾을 수도 있겠지만, 어쭙잖은 맛으로 한껏 끌어올린 혀의 행복을 망치고 싶진 않았다. 그리고 역시나, 마스터는 답을 알고 계셨다. 그는 우리에게 아주 디테일한 지령을 내렸다.

1. '우리돼지국밥'에 간다. 모티에서 보냈다고 말하라.

2. 8,000원어치 순대 1인분을 주문한다. 방앗잎도 따로 2,000원어치 산다.

3. 그다음, 옆옆집에 있는 '경북산꼼장어'로 건너간다. 역시 모티에서 보냈다고 말하라.

4. 보통은 꼼장어 양념구이를 많이들 먹지만, 꼭 소금구이로 주문한다.

5. 꼼장어가 익을 때까지 포장해온 순대를 애피타이저로 먹는다. 사이사이 방앗잎도 잊지 않고 곁들여 먹어준다. ("생일 케이크도 눈치 보이는데 다른 음식점에서 가져온 음식을요? 괜찮나요?"라는 괜한 질문도 해보았다. 마스터는 이게 '맞는 코스'라 답했다. 행복을 위한 과정까지도 행복한, 맛의 순렛길! 그의 확신 어린 말투에 우리는 절로 고개를 끄덕였다. 물론 음식점 사장님들도 다 아는 일이라고 덧붙였다.)

6. 꼼장어를 조금 남겨 밥도 볶아 먹어야 한다.

그는 곧이어 우리가 비운 250밀리리터 산펠레그리노 탄산수 유리병 가득 아드벡 위스키를 담기 시작했다. 꼼장어를 먹을 때 어울리는 술이 필요하다는 지극히 단순한 이유에서였다. 소풍을 갈 때 손

수 끓인 보리차를 들려 보내는 어머니처럼, 그는 깔때기로 마지막 한 방울까지 꼼꼼히 담아 우리에게 건넸다.

그는 단 1퍼센트라도 술꾼들이 더 행복하기 위해 노력하길 멈추지 않았다. 우리가 일반 소주잔이나 종이컵에 위스키를 마시도록 내버려두지 않은 것이다. 그는 잔을 하나씩 수납할 수 있도록 칸칸이 나뉜 박스에 글렌캐런(glencairn) 잔을 인원수에 맞게 넣은 다음, 깨지지 않도록 단단히 포장했다. 글렌캐런 잔은 싱글몰트 위스키를 마실 때 흔히 사용하는 잔으로, 위스키의 향과 맛을 음미하기에 가장 좋은 형태를 지녔다. '아니, 그냥 새벽에 배 채우러 가는 건데 꼭 이렇게까지 마셔야 해?'라는 의문이 들 수도 있겠다. 그러나 그가 술 앞에서 '이렇게까지' 생각하고 행동하는 사람이 아니었다면, 그의 취향이 꾹꾹 눌러 담긴 모티 역시 탄생할 수 없었을 것이다. 그가 건넨 위스키와 글렌캐런 잔에는 술에 대한, 그리고 술꾼들에 대한 애정과 배려가 담뿍 담겨 있었다.

우리는 마스터의 지시에 따라 완벽한 맛의 세계로 접어들 생각에 들뜨면서도 조금 당황스러웠다. 취한 우리의 무엇을 믿고 이렇게까지 해줄 수 있는 것일까? 걱정스레 그의 안색을 살폈으나, 마스터는 그 모든 것을 안겨주고 나서야 개운해 보였다.

"이걸 어떻게 돌려드리죠?"

"그냥 거기 맡겨두세요."

마스터도 바깥에서는 다른 술집의 단골이라는 걸 새삼 알 수 있는 답이었다.

아니나 다를까, 마스터는 영업을 마친 후 꼼장어집에 나타났다. 본인이 추천한 코스를 몸소 실천하는 참교육자라고나 할까. 그는 자연스럽게 우리 테이블로 다가와 주문한 적 없는 위스키를 병째 꺼내더니 물 따르듯 술을 따라주었다. 모티에서의 마스터는 언제나 정확한 한 잔 분량을 계량했으나, 꼼장어집에서의 마스터는 그저 마음의 눈금에 따라 병을 과감하게 기울였다. 이 '시그램VO'는 캐나다의 대표적인 흔한 위스키이긴 한데, 그래도 1962년산이라는 설명을 덧붙이며. 1962년…? 부모님 연배 수준의 위스키를 우리가 이렇게 버릇없이 마구잡이로 마셔도 되는 걸까요…? 마음 놓고 좋아해도 될지 걱정하는 술꾼들을 보며 그는 덧붙였다. 맥주 마시듯 부담 없이 마시기 좋다고.

만나기 힘든 위스키를 아낌없이 내어주고, 가격도 저렴하게 받는 데다, 이어지는 그의 행보 역시 자

선사업가처럼 이타적이다. 왜 이러는 것일까? 어떻게 이럴 수 있을까? 내가 위스키바를 운영한다면, 희귀한 올드 보틀은 쉽게 내놓지 못할 텐데. 준다고 해도 거금을 받았을 텐데… 내버려두면 어차피 증발되어버릴 술, 최대한 많은 인간들에게 나눠서 넣어두는 걸까? 그는 단순히 모티라는 공간의 마스터가 아니라, 술을 사랑하는 사람들이 각자의 행복을 찾길 바라는 술꾼들의 마스터였다.

그날 마스터의 주(酒)입식 교육은 빛을 발했다. 순대와 방앗잎, 꼼장어로 이어지는 안주는 우리의 배를 차근차근 채워나갔고, 그가 준 캐나디안 위스키와 아드벡은 우리로 하여금 맛의 절정을 향해 치닫게 만들었다. 현재의 고민이나 미래의 불확실성을 생각할 겨를 따위는 없었다. 걱정 없이 설레기에도 바빴고, 분명한 포만감과 취기를 만끽하느라 정신 없는 여정이었으니까. 그리고 나는 끝내 꼼장어집에서 장렬히 쓰러지고 말았다. 맥주처럼 부담 없이 마시라는 말만큼은 적당히 들을걸….

물론 지금도 각종 걱정들이 온갖 형태와 높이의 벽이 되어 앞을 가로막는다. 이 벽을 무너뜨릴 방법을 나는 여전히 모른다. 다만 마음껏 마셔도 계속해서 다음에 마실 술을 찾아내는 마스터처럼, 있는 힘껏 좋아해도 계속해서 그 마음을 받아줄 세계가 있다는 걸 알려준 모티처럼, 좋아하는 것을 계속해서 좋아하기 위해 노력하겠다고 결심할 뿐이다. 앞을 가로막는 장벽이 있다면 돌파하진 못해도 발걸음을 되돌리진 말자. 다만 방향을 살짝 바꾸어 벽을 옆으로 끼고서라도 계속해서 걸어보자! 그렇게 걷다가 돌이켜보면, 막다른 길인 줄로만 알았던 지점은 그저 모퉁이에 불과할 것이라고 믿어보자. 그렇게 나를 가로막는 사소한 걱정을 그저 모퉁이 삼아버리자. 나에겐 이미 세상에서 가장 멋진 모퉁이, 모티가 있으니까.

우리 동네 음주 알고리즘

친구들도 술집도 대부분 서울특별시에 둔 경기도민으로 9년을 살았다. 경기도민은 언제나 불리하다. 술집에 가려면 한 시간 정도는 광역버스에 몸을 실어야 한다. 육사시미에 소주 두 병은 마실 수 있는 시간이다. 광역버스 시간을 자의로 놓쳐 심야에 택시라도 타면 안주 두 개 값 정도가 날아간다. 친구들은 나를 붙잡으면서 택시비는 '엔빵'해주지 않는다.

독립을 위해 집을 알아보기로 한 날, 나는 예비 동거인 승용에게 단호하게 말했다. 그간의 설움을 음절마다 꾹꾹 눌러 담아서.

"무조건 망원동이야."

이십대 후반, 내가 자주 찾는 술집들은 죄다 망원동에 있었다. 심지어 술집들은 서로서로 가깝다. 망원동은 이동하는 시간 낭비를 최소화하며 1차부터 막차까지 달릴 수 있는, 그야말로 음주 생활에 최적화된 동네인 것이다. 심지어 안주 스타일과 주종도 다양해서 무한한 변주도 가능하다. 그날그날의 기분을 입력하기만 하면 코스를 짜주는 알고리즘이 간에 이미 새겨져 있으니까.

그즈음 술잔을 가장 많이 부딪치는 술친구들도 망원동에 살았다. 술만 취하면 이름을 부르짖게 되는 내 영혼의 단짝 진희와 진희의 단짝 호는 망원동에 사는 커플이었다. 그들은 줄곧 망원동에서 주정뱅이의 터를 다져온 선발대로서, 각종 술집으로 나를 인도했다. 그들과 함께라면 놀이공원에서 무제한 탑승 이용권을 끊은 사람처럼 술집의 모든 안주를 격파하고 나올 수 있었다. 나로 하여금 술집에 대한 글을 쓰게 만든 혜림과 그의 동반자 세훈도 그랬다. 그들은 심지어 망원역 인근의, 망원동 핵심 음주 지역에 살았다. 술집에서 술을 마시다 끝내 그들의 집으로 이동해 위스키 함량이 높은 노란색 하이볼을 마시며 아침 해를 볼 때마다 결심했다. 망원동에 살아야 한다!

좋아하고 존경하는 작가 콤비 역시 망원동에 살았다. 『여자 둘이 살고 있습니다』라는 책을 통해 시대에 맞는 가족의 개념을 알려준 김하나 작가와 황선우 작가의 망원동 라이프 역시 내 결심에 힘을 실어주었다. 그들을 만나 술잔을 부딪칠수록 나는 확신할 수 있었다. 살아야 한다, 망원동에….

아빠는 그 동네 물에 잠기지 않냐며 집값 대신 걱정을 보냈다. 빗물 펌프장 생긴 지가 언젠데. 아빠 장미여관 알지? 그 사람도 거기 살아… 나 빼고 다 거기서 잘 먹고 잘 살아….

비록 등본상 주소는 다를지언정, 나는 이미 망원동에 살다시피 했다. 집에서는 잠만 잤고, 살아서 움직이는 대부분의 시간을 망원동에서 보냈으니까. 24시간 열려 있는 술집과 24시간 오픈 마인드인 친구 집 덕이다. 집에 굳이 들르지 않고 출근한 적도 많았으니, 그쯤 되면 집은 그냥 환승 거점이었다.

나는 늘 백팩을 메고 다녔다. 가방 안엔 언제 어디서 쓰러져도 출근할 수 있도록 여벌의 속옷과 셔츠가 두 벌씩 있었고 화장을 지워야 할 경우를 대비하여 화장솜, 클렌저, 면봉까지 들어 있었다. 술을 계속해서 마실 수 있게 하는 월급에 대한 집착과 최소한의 사회적 체면 유지를 위한 노력이 묻어나는 아이템들을 짊어지고 광역버스를 타면 언제나 여행을 떠나는 기분이 들었다. 어느 순간부터 여독이, 간에 쌓인 독이 안 풀린다는 게 문제였다.

모든 주정뱅이의 숙원 사업은 오랫동안 건강히 취하는 것이며, 지속 가능한 음주 생활을 위해서는 건강한 수면이 필수 불가결하다. 술집에 있는 시간이 길어질수록, 사람이 술집에서 살 수는 없다는 당연한 사실을 새삼스레 깨달았다. 그러니까 이제 그냥 사람 하나 살린다 치고 망원동에 살게 해주세요! 나의 절박한 부름에 은행의 대출 프로그램이 응답하였다.

　　이사한 첫날, 이삿짐을 풀기도 전에 나와 승용은 '선술집 위군'에 갔다. 얼큰한 무조림도, 특유의 달달한 사시미도, 녹진한 메로구이도, 사이사이를 촘촘하게 메꾸는 술맛도 경기도민으로서 먹었던 때와 같았다. 그러나 우리는 동네 주민만 신을 수 있을 것 같은 삼선 쓰레빠를 신고 있었다! 자정 무렵 귀가할 때가 되자 우리에겐 무려 두 가지 옵션이 생겼다. 기본요금만 내고 택시를 타거나, 걸어서 가거나. 우리는 손을 잡고 어두운 망원동 골목을 걸어서 집으로 돌아갔다. 완연한 봄으로 접어든 4월의 밤바람은 소주 막잔처럼 달았다. 경기도민으로서 꿈꿔 오던, 망원동에 살고 있는 지금도 선명하게 떠오르는 꿈 같은 귀갓길이었다.

　　술집에서 집으로, 집에서 술집으로. 나의 아름다운 망원동 라이프는 계속되고 있다(엄밀히 따지자면 합정동이긴 한데, 이걸 이렇게나 이실직고해야 되나 싶기도 한데, 여전히 술은 합정동보다 망원동 쪽에서 마시니까 망원동 라이프라고 칩시다). 망원동 음주 알고리즘을 구성하는 가장 기본적인 술집들은 다음과 같다.

집에서 약 899미터, 바르셀로나

봄엔 소비뇽 블랑, 여름엔 리슬링, 가을엔 피노누아, 겨울엔 셰리 와인. 달라지는 계절의 온도에 가장 민감하게 반응하는 건 다름 아닌 혀다. 가장 돈이 많이 드는 이 고급 신체 부위를 유지하기 위해 바르셀로나로 향한다. 이 집의 안주나 와인이 꼭 스페인의 것은 아닌데, 공기 중에는 '바르셀로나적'인 분위기가 분명히 감돈다. 술이 술술 들어간다 소리다.

나무로 마감해 따스한 느낌이 감도는 와인바, 주정뱅이의 마음을 편안하게 만드는 적당히 어두운 조도, 내부를 꽉 채운 음악 등 인테리어적인 요소도 그렇지만, 무엇보다 술맛을 돋우는 건 황영주 사장님의 와인 설명과 그의 손끝에서 탄생하는 제철 안주다. 차분하고 조곤조곤한 어조로 펼치는 와인에 대한 풍부한 설명 속에서 그의 열띤 애정을 느낄 때면, 스페인 바르셀로나에서 소믈리에가 하는 말을 알아들을 수 없어서 어색한 표정으로 고개만 끄덕이던 때가 떠오른다. 역시 내가 알아들을 수 있는 말을 하는 집이 최고다…!

이 집에서 쓴 돈만 모아도 진짜 바르셀로나에 몇 번은 오갈 수 있었을 테지만, 난 망원동 바르셀로나에 오기를 멈추지 않을 것이다.

집에서 약 893미터, 너랑나랑호프

프롤로그에도 썼지만 엄마가 있는 곳이다. 이곳에서 친구들과 함께 『식객』으로 유명한 허영만 작가가 맛집을 찾아다니는 방송 프로그램인 〈식객 허영만의 백반기행〉에 출연하기도 했다. 망원동에서 동거를 하며 결혼을 준비하던 때였는데, 방송에서 먼저 결혼 소식을 전국에 알리며 허영만 작가, 신현준 배우와 축배를 나눴다. 승용은 녹화할 때 "너랑나랑호프가 좋아서 신혼집을 근처로 구했다"고 밝히며 사장님을 일컬어 "저희 어머니"라고 폭탄 발언을 던지기도 했다. 물론, 진짜 엄마가 아니라 어머니 같은 존재라고 덧붙였지만. 진짜 가짜, 그걸 누가 정하는 겁니까. 분명 망원동이 제 마음의 고향이고, 권복자 씨가 제 내장지방의 어머니입니다.

집에서 790미터, 망원즉석우동

아쉽게 마시지 말자. 취하고 싶으면 취하자. 내가 할 수 있는 게 그것뿐이라면. 그렇게 있는 힘껏 취하다가 너덜거리는 몸을 이끌고 가는 휴게소가 바로 이집이다. 이 집 우동은 멸치 육수에 간장을 푼, 바로 그 휴게소 우동 국물 맛이 난다. 술에 취한 채 먹으면 특히나 더 정겹다. 흔하게 먹어오던 '아는 맛'이라는 점에서 마음도 한결 푸근해진다. 알코올로 마비된 입술 사이를 비집고 들어오는 국물은 뜨겁다기보단 시원하다. 사우나에 입만 담근다면 이런 느낌일 것이다. 과도한 음주로 지친 몸이 순식간에 확 풀린다. 휴게소란 그런 곳이다. 2보 전진을 위한 1보 후퇴까지는 아니어도, 언젠가의 전진을 위해 잠시나마 멈출 수 있도록 해주는 곳. 멈춰 있어도 조바심 나지 않게 해주는 안정적인 보금자리.

집에서 약 523미터, 선술집 위군

손님이 있든 없든 위군의 무조림은 언제나 쉴 새 없이 끓는다. 누군가를 기다리며 하염없이 무를 조리는 마음이란 어떤 것일까. 이름 모를 독자를 상상하며 묵묵히 글을 쓰는 것과 비슷하지 않을까. '졸인다'와 '조린다'는 비슷한 말이라는 생각이 든다. 누군가를 기다리며 마음을 졸이고, 그 기다림 속에서 일어나는 노력은 양념이 되어 결국에는 제맛을 낼 테니까.

도톰한 무는 오래 조린 덕인지 살짝만 힘을 줘도 부드럽게 갈라진다. 자작하게 담긴 얼큰한 국물과 달달한 무가 노곤한 입안을 위로한다. 튼실한 고등어 토막까지 덤으로 든 이 무조림은 믿을 수 없게도 요금을 받지 않는 기본 안주다. 언제든 만반의 준비를 갖춰 사람들을 맞는 이런 술집 덕에 배불리 산다. 내 글도 위군의 무조림 같으면 좋겠다.

집에서 약 488미터, 꼬치주간

배가 부를 때는 탄산이다. 그렇다면 하이볼이다. 심지어 '꼬치주간'의 시그니처인 '주간 하이볼'에는 달달한 토마토매실절임이 들어가 있다. 소화에 좋은 매실을 하이볼에 가미한다는 천재적인 발상이라니! 주정뱅이의 소화제나 다름없는 하이볼 안에는 매실에 절인 방울토마토 하나가 동동 떠 있는데, 취해서 마시면 이게 매실인지 토마토인지 알 길이 없다. 멀쩡한 정신으로(그러니까 1차로) 방문한 날에야 내 입에서 돌아다니는 게 방울토마토임을 깨달았고, 사장님의 혜안에 소름이 쫙 돋았다. 토마토는⋯ 숙취에 좋은 거잖아! 소화에도 숙취에도 좋은 하이볼, 이것이야말로 하이볼의 정점일지니.

　꼬치주간 하이볼은 두 잔 세 잔 거듭할수록 알코올 비율이 높아지는데, 양껏 마시라는 배려와 이제 그만 마시고 가라는 눈치 사이에서 지레 찔끔할 때가 많다. 집에서 500미터 이내 술집 중 가장 늦게까지 여는 곳이기 때문에, 나는 언제나 이곳에서 막잔을 하자고 사정한다. 한 잔만 더 하고 싶은 친구들은 나에게 코가 꿰어 줄줄이 꼬치주간에서 다음 날을 맞는다.

전세 계약 갱신 시기가 돌아왔을 때 나는 세입자의 설움보다는 술꾼의 즐거움을 음절 단위로 꾹꾹 눌러 다시 한번 말했다.

"무조건 망원동이야."

시집 옆 술집

유희경 시인을 처음 만난 날이다. 우리는 지금은 사라진 망원동의 보틀숍 '위트위트'에서 술자리를 가졌다. 술자리에 있어 떠날 때라는 것은 딱히 없지만 누가 봐도 보통의 귀가 시간은 넘었던 때, 유희경 시인은 집에 가고자 일어섰다. 술만 마시면 모든 이의 부재를 아쉬워하는 나는 그를 붙잡았다. 평범하게 잡은 것이라면 좋았겠지만 부위 선정에 치명적인 실수가 있었다. 멱살 잡는 느낌으로 목과 어깨 사이를 쥐고 흔들었던 것이다. 마음은 든든한 나무와 같은 사람이지만 가느다란 나뭇가지 같은 몸을 가진 그는 내 손아귀에서 맥없이 흔들렸다.

"야, 가냐?"

이 얼마나 끔찍하고 무례한 기억…이라고 말하는 것은 어불성설이다. 뻔뻔하긴 하지만 진실만을 말하노니, 어쨌거나 내 기억엔 없기 때문이다. 그런데도 이렇게 자세하게 쓸 수 있는 이유는, 모든 술자리의 사건 사고를 기억하는 악취미를 가진 승용이 그날도 자신의 쓸데없는 장기를 십분 발휘해서다. 물론 나는 유희경 시인에게 신속하게 용서를 구했다. 세상만사 한없이 시니컬해 보이던 그는 나의 무례를 너그럽게 위트로 넘겨주었다.

술집은 잊고 사는 사람들이 모이는 곳이다. 잊기 위해서 마실 때도 있고 잊어야 할 만큼 마실 때도 있다. 잊다가 잃지만 않으면 된다고 생각하지만, 알코올이 다량으로 함유된 보통의 술자리는 어쩔 수 없이 휘발성이다. 기실 술자리에 대한 기억은 '우리 어제 좋았지' 정도의 대략적인 느낌만으로도 충분할 때가 많다. 취기가 무르익을수록 술자리는 지나친 동어 반복, 통제를 벗어난 감정 표출, 행위예술 수준의 보디랭귀지 등으로 범벅되니까. 그런 자리를 거듭해본 분이라면 공감하겠지만, 망각은 괜히 선물이라 불리는 게 아니다. 모두의 품위 유지를 위해 적당히 흘려보내는 미덕을 발휘해야 하는 것이 술자리, 그런 의식 있는 자리들의 집합소가 술집이다.

다만 나에게는 주기적으로 기록되는 술자리가 있다. 술을 마시고 하는 모든 말이 녹음되는 자리다. 이 문장이 몹시 섬뜩하다면, 당신은 술자리에서 저처럼 입을 술 마시는 데만 써야 하는 타입이군요!

'어째서 굳이 그런 짓을?'이라고 생각할 법한 이 술자리는, 팟캐스트 〈시시알콜〉을 녹음하는 자리다. 승용과 둘이서 진행하고 있는 〈시시알콜〉은 시에 어울리는 술, 술에 어울리는 시를 함께 읽고 마시는 고품격 음주 독서 만취 방송이다.

이 술자리는 아무리 바쁜 와중에도 술 마실 틈은 있다는 주정뱅이의 가치관에 의거하여 지금까지 계속되고 있다. 2016년 8월부터 시작해 업로드된 에피소드만 대략 240회차(*2021년 4월 기준)나 된다. 틀어두면 일주일은 내내 끊이지 않고 이어질 오디오 파일 속에는 편의점에서 쉽게 구할 수 있는 소주나 맥주부터 크래프트 비어, 온갖 품종의 컨벤셔널 와인, 내추럴 와인, 위스키, 리큐어, 전통주 등등 셀 수 없이 많은 술의 힘을 빌려 시에 흠뻑 취한 역사가 고스란히 기록돼 있다.

'보이는 라디오'처럼 녹음하는 모습을 누군가 지켜볼 수 있는 것도 아닌데 마시는 척 적당히 소리만 낸다거나 알코올이 없는 음료로 대체한다고 생각할 수도 있다. 안 될 말이다. 관중이 없어도 우리는 기꺼이 굳은 심지의 알코올 램프가 된다. 활활 불태운다. 고작 목만 축이고 말 바엔 몸을 죽이고 말겠다! 이런 진심은 마이크 앞에서 '캬'와 '크'로 울려 퍼진다. 녹음할 때 실제로 술을 들이붓는 〈시시알콜〉만의 음주 ASMR이다.

〈시시알콜〉은 보통 한 권의 시집을 가지고 2주 분량을, 팟캐스트상으로는 1부와 2부를 이어서 녹음하는데, 언제나 진심으로 마시는 나는 2부 초중반 즈음부터 정신이 서서히 흐려진다. 내 기억 속엔 없어도 나는 세상에서 사라지지 않고 애플 팟캐스트, 팟빵, 네이버 오디오 클립 속에서 혀가 꼬인 채로 존재감을 증명하고 있다.

언제 어디서나 술을 마신다는 점에서 술집이나 다름없는 〈시시알콜〉의 안주는 시다. 술과 안주의 마리아주로 맛을 극대화하듯, 술과 시의 페어링을 통해 감정의 가장 내밀한 곳으로 한 장씩 한 잔씩 나아간다. 시 앞에서의 술은 그저 사람을 취하게 하는 화학품이 아니다. 술을 마시면 생각이 깊어지는 건 아니어도 마음만큼은 넓어지고, 그러면 세상 모든 화자의 감정을 대충이나마 가늠할 수 있게 되니까. 이해와 공감이란 때론 머리보단 마음의 영역이라는 걸 알려준 게 시와 술이다.

물론 시를 어려워하는 독자들이 많다. 팟캐스트를 5년째 해오며 시를 소개하는 나 역시 그렇다. 읽었을 때 바로 고개를 끄덕이는 시도 있지만, 대부분의 시는 자꾸만 곱씹어야 맛을 알 수 있고 그럼에도 이게 대체 무슨 맛인지 갸우뚱하게 되는 시도 있다. 그러나 이런 '어려움'은 난이도가 아닌 취향의 문제이므로 우리는 계속해서 다양한 시를 메뉴판에 올린다. 안주를 맛있어서 좋아하는 것이지, 이해할 수 있어서 좋아하는 게 아닌 것과 마찬가지다.

　원활한 음주 녹음을 위해 승용과 나는 2017년부터 약 2년 반 동안 보광동 월세 25만 원짜리 골방에 터를 잡기도 했다. 술 마시기 좋은 조도와 아늑한 코타츠 테이블을 가졌던 이 공간은 '작업실'이라는 멋들어진 이름으로 불리며 녹음 회차를 더할수록 시집과 술병으로 빈틈없이 채워졌다.

　〈시시알콜〉의 첫 인스타 라이브 방송을 진행한 곳도 이 작업실이다. 신현림 시인의 『세기말 블루스』와 호세쿠엘보 데킬라를 페어링한 회차를 녹음한 뒤, 남은 데킬라를 해치워버리자는 심산으로 켠 라방이었다. 간과한 것은 인간은 36.5도이고 데킬라는 40도라는 점이다. 3.5도의 차이로 당한 것은 우리였다. 분명히 라이브 방송 중이었는데… 어느새 해와 함께 다시 눈을 떴을 땐 스마트폰이 방전되어 있었고, 멕시코에 가본 적은 없지만 멕시코 현지인의 것으로 추정되는 입냄새가 풍겼다. 우리가 잃어버린 기억은 우리의 취한 모습을 라이브로 생생하게 지켜보던 시시알콜 청취자들이 디엠으로 제보해주었다. 갑자기 춤을 추다 행거를 무너뜨리고 술병들을 산산조각 냈다고…. 『세기말 블루스』를 읽다 그야말로 세기말 블루스를 춘 사건이었다.

실제로 곳곳의 서점과 술집을 돌아다니며 '시집 옆 술집'이라는 이름의 공개방송을 매달 진행하기도 했다. 시집을 쓴 시인을 우리가 고른 술집으로 초대한다는 취지로 만든 음주 북토크였다. 문보영 시인을 시작으로 배수연, 안미옥, 신용목, 문태준, 허연, 오은, 유진목, 박연준, 조해주, 박소란, 김복희 시인이 우리를 거쳤다(물론 특집 방송 게스트로 초대한 시인까지 나열하면 더 많다). 시인들의 이름 음절만 보아도 각각의 취기가 주마등처럼 스치운다. 자세히 떠오르는 것까진 아니지만, 잃고 싶지 않은 중요한 내용만큼은 당연히 팟캐스트에 전부 녹음돼 있다.

　　기록되지는 않았지만 잃지 않기 위해 주기적으로 안주 삼는 기억들도 있다. 예를 들면 40도짜리 매실 증류주 '서울의 밤'을 마시고 잔뜩 취해서 '여기 오신 분들께 한 잔씩 사게 해달라'던 신용목 시인의 귀여운 투정 같은 것들이다. 공개방송에서는 나 모르게 이 세상 어딘가에 흩뿌려져 있는 것만 같던 청취자들도 잔뜩 만났다. 그들이 건넨 따뜻한 말들 역시 정확히 생각나진 않지만, 그 온기만큼은 분명히 기억하고 있다.

　　요즘 정착한 곳은 유희경 시인의 '위트 앤 시

니컬'이다. 만난 첫날 나에게 멱살을 붙잡혔으나 나의 죄를 너그럽게 사해준 바로 그 시인이 운영하는 시집 서점이다. 혜화동의 오래된 서점 동양서림에서 나선계단을 통해 2층으로 올라가면 나오는 조그맣고 정겨운 이 서점은 언제든지 〈시시알콜〉이 시를 충전할 수 있는 베이스캠프가 되어주었다. 위트 앤 시니컬은 시집을 파는 곳이면서, 시를 책 밖으로 끌어내는 힘을 가진 곳이기도 하다. 유희경 시인이 마련하는 다양한 강연과 낭독회 같은 행사는 물론, 〈시시알콜〉도 그 힘 중 하나라고 할 수 있겠다.

위트 앤 시니컬에는 아마도 시집을 담으라고 둔 것 같은 바구니가 있다. 왜 '같은'이란 애매한 표현을 쓰냐면, 그런 용도로 사용하는 것을 보지 못했기 때문이다. 내가 아는 한 가장 술을 잘 마시는 이형준 시인과 취한 사람에게 잘 넘어가 주는 유희경 시인은 번갈아가며 바구니를 들고 편의점으로 간다. 바구니에 담겨 온 맥주 네 캔짜리 만 원의 행복은 이내 내 배 속으로 홀랑 옮겨진다. 뱅글뱅글, 위트 앤 시니컬로 향하는 나선 계단을 따라 올라갈 때마다 빙글빙글, 예정된 웃음으로 취하는 기분이다.

팟캐스트를 녹음하기 위해 위트 앤 시니컬에

가는 날이면 승용은 나에게 변함없이 당부한다.

"살살… 제발 살살."

〈시시알콜〉 팟캐스트도, 유희경 시인도 살살 대하라는 말이다. 나는 코웃음 친다. 언제나 잊을 각오가 되어 있으며 잃지도 않을 작정이니까.

"그럴 거였으면 시작하지도 않았어."

후회를 곱씹지 말고 곱을 씹자

"라면 먹고 갈래?"

연인 사이에 통용되는 문장으로, 우리 집에 가서 좋은 시간 보내자는 의미를 담아 은근하게 건네는 말이다(요즘은 "넷플릭스 보고 갈래?"로 바뀌었다고 한다). 나 역시 남자친구가 생길 때마다, 그들을 내 삶 속으로 깊숙하게 끌어들이고 싶을 때마다 그렇게 속삭였다. 우리 집에 올래? 그리고 이런 집에 사는 나여두 사랑해줄래?

그들의 생각이야 뻔하다. 오밀조밀 '여성스럽게' 꾸며진 여자친구의 방을 구경하고, 여자친구의 생활에서 묻어나는 남자와는 사뭇 다른 향기를 맡고, 여자친구의 침대에서 섹스할 수 있을지 궁금해하겠지. 하지만 나는 그것보다 더 궁금한 게 있었다. 너의 환상과는 전혀 다른 곳에서도, 너는 나랑 하고 싶을까?

그게 사랑일 거라고 착각했던 때가 있다. 드라마 속 집과는 다르게 좁디좁은 내부에, '여성스러움'과는 거리가 먼, 미처 풀지 못한 이삿짐이 먼지와 함께 쌓여 있는, 그런 방 안의 낡고 촌스러운 체크무늬 침대보 위에서도 나랑 하고 싶으면 그게 사랑일 거라고. 그들은 나에게 변함없이 사랑을 속삭였다. 나는 그 순간이 진실할 수도 있다는 가능성을 믿었지

만, 그 순간이 남은 인생을 담보해주진 않는다는 것
도 알았다.

　우습게도 나는 매번 라면을 끓였다. 내가 사랑
받는다는 걸 증명하고 싶어서 부른 게 아니라 정말
라면 먹자고 부른 것이라는 듯, 라면을 끓였다. 그 모
든 일은 진실한 사랑을 증명해내는 시험 같았다. 맛
있는 라면을 끓이는 게 여자친구가 갖춰야 할 미덕이
라는 듯, 그게 앞으로 여성으로서 살아갈 삶의 단편
을 보여주는 일이라는 듯. 평소에는 라면쯤이야 뚝딱
끓여냈으면서, 그때만큼은 초조하게 라면 봉지 뒷면
의 조리법을 거듭 확인했다. 아무렇게나 끓여도 맛있
는 라면이 그때만큼은 이상하리만치 맛이 없었다.

　애인과 헤어질 때마다 그 라면 맛이 떠올랐다.
조리법대로 물도 맞추고 시간도 쟀는데, 마법의 라
면 스프를 넣었는데도 밍밍했던 라면 국물과 특유의
꼬들꼬들함은 사라진 채 튀긴 면을 그대로 찬물에
넣은 듯 퉁퉁하고 기름졌던 면발이. 나를 매물로 내
놓지도 않은 결혼 시장에서 거절당하는 느낌을 줬던
그 맛이. 더럽게 맛대가리 없는데, 애인들은 맛있다
고 꾸역꾸역 밀어 넣던 그 라면이. 남자친구가 말없
이 삼키던 것이 라면이었는지 나에 대한 애정이었는
지 그도 아니면 내가 섣불리 가늠하려고 했던 어떤

불안이었는지 모르겠지만.

이십대의 나는 그렇게 '겉바속촉'으로 살았다. 겉으론 다른 이의 시선 따위 신경 쓰지 않는 듯 굴었지만, 속으론 누군가의 사랑을 받아야 한다는 강박에 시달렸다. 좋은 학교에 들어가건 좋은 직장에 들어가건 사람들은 언제나 나에게 연애를 하냐고 물었고, 나는 그 물음에 깨물린 것 같은 기분으로 연애를 이어갔다. 적당히 괜찮은 사람과 끈끈한 연애 관계를 맺는 일만이 나의 능력과 쓸모를 증명할 수 있는 방법 같았다.

나는 언제나 나보다 나이 많은 사람을 만났다. 연하나 동갑내기 친구들은 너무 어리게 느껴졌다. 나이가 많다고 어른스러운 게 아니라는 것도 나중에 직접 나이 먹고 나서야 알게 된 진실. 어쨌든 상대적으로 비교적 훌륭하게 어른스러움을 가장할 수 있었던 '오빠'들은 내가 모르는 세상까지 미리 겪어본 선배로서, 나의 사소한 불행까지도 보듬을 수 있는 너그러운 존재처럼 느껴졌다. 그런 존재에게 사랑받는게 내 가치를 인정받는 일인 것만 같았고.

내가 만난 오빠 1은 내가 자기보다 가난해서 다행이라고 했다. 그러지 않았다면 자기가 힘들었을 거라고 했다. 다행이라는 단어가 이럴 때 쓰는 표현이 맞던가? 내가 잘사는데 왜 자기가 힘들지? 오빠 1은 자기가 정한 한계선 안에서 살아가는 나에게만 기꺼이 다정했다. 내가 자신보다 좋은 대학에서 좋은 학점을 받는 걸 견딜 수 없어 했고, 지속되는 데이트에 내가 돈을 더 내는 것도 참을 수 없어 했다. 난 그렇게 그가 바라지 않는 것들을 자진해서 바치다가 그의 세상에서 떨어져 나갔다.

오빠 2는 교회에 다녔는데, 신에 대한 믿음보다 나에 대한 사랑에 더 매진하는 그의 모습이 진정한 세기의 사랑인 줄 알고 한참이나 만났다(금욕적이지 않았다는 소리다… 믿음과 상관없이 반짝반짝 빛나는 젊은 열정이 참 좋았다). 그러나 그가 신보다 여자친구를 사랑하는 것을 넘어 모든 여자에게 박애 정신이 넘치는 사람임을 깨달은 후로 나는 그의 세계에서 자연스럽게 소외되었다.

나이 차이가 꽤 났던 오빠 3은 나이만큼 어른스러워서 그에게 나의 불행을 모두 털어놓았다. 언제나 그가 내 이야기에 귀 기울여주는 것이 고마워서 말을 처음 뗀 아이처럼 조잘대며 그의 어깨를 눈물로 흠뻑 적셨으나, 그는 언젠가부터 내 모든 불행을 칼로 삼아 나를 겨눴다. 나는 한참이나 찔러주다가 너덜너덜해질 때쯤에야 그를 떠났다. 그렇게 비슷비슷한 '오빠들'이 숫자를 하나씩 더해갔다.

나는 뭘 그런 새끼들을 집에까지 불러서 라면을 끓여 먹였을까. 내 명의의 집도 아니고 내 취향이래 봤자 먼지처럼 흩뿌려져 있을 뿐인 공간에서, 나의 무엇을 증명할 수 있다고 생각했길래. 분식집 차릴 것도 아닌데 라면 좀 못 끓이면 어때. 사랑이 라면 국물도 아닌데 좀 식으면 어때. 스스로를 수락시키고 누군가가 사랑의 힘으로 끌어올려 주길 바라던 시절이여, 이젠 안녕. 이불킥으로 하체를 단련하던 시절도, 이젠 안녕.

오빠들을 수없이 떠나보내 본 나는 이제 안다. 후회가 덕지덕지 붙은 기억을 떠올릴 바에야 곱창집에서 뜨끈한 곱에 시원한 소주나 한잔하는 게 낫다는 것을. 곱썹을 가치가 있는 것은 구남친도 아니고 후회도 아닌 곱뿐이라는 것을!

소곱창은 내가 아는 맛 중에 가장 배덕한 맛이다. 칸칸이 자른 내장들 사이로 그전까진 세상의 빛을 보지 못했던 순백의 곱이 뿜어져 나오고, 내 내장을 갈아 끼울 기세로 입에 넣으면 뜨끈한 기름이 혀를 타고 이 사이로 스며든다. 몽글몽글한 솜사탕처

림 사르르 녹는 기름. 무엇을 해도 몸속에서 절대 분해되지 않아 결국 혈관을 막는다는 그 기름. 나쁘다고 하기엔 극도로 행복해지는, 후회해도 괜찮다는 생각이 들 만큼 맛있는 소곱창의 기름. 이 기름을 입안에 넣는 순간이 내 인생에서 가장 기름진 순간이다. 날 심각하게 망치는 것을 알면서도 기꺼이 받아들일 수밖에 없다.

소곱창이라면 자고로 위에 코팅을 하듯 기름을 흘려 내려주는 차원에서 한 번 먹고, 온탕 냉탕 오가듯 차가운 소주와 합을 맞춰가며 계속 먹고, 막판엔 육포처럼 썹다가 볶음밥에 털어 넣기 위해 추가로 주문해 먹어야 한다. 가격에 취해 먹다가도 때론 가격에 개의치 않을 수 있는 집을 찾는 것도 중요하다. 내장에서 흘러나오는 뜨거운 기름에 소주를 무한히 곁들이고 싶어도 가격을 핑계로 술을 멈춘다면, 그건 참된 술집이라 할 수 없으니까. 넣을 수 없을 때도 밀어 넣을 수 있는 게 맛의 영역이고, 끝없이 안주와 술을 주거니 받거니 만드는 것이 술집의 미덕이다.

그 기준에 부합하는 술집들은 많겠지만 그중에서도 나는 충무로의 양미옥, 신촌의 황소곱창, 숙대입구의 굴다리소곱창, 부산역 앞 백화양곱창, 해운대

의 해성막창집으로 간다. 나는 내 흑역사들을 술집
마다 나눠서 넣어두고, 기름으로 다시 덮어두고, 배
부름에 지칠 때쯤 집으로 돌아온다. 눕는다. 이불을
끌어올린다. 아니, 잠깐, 이거 이불킥하기 좋은 자센
데 싶을 때… 흑역사는 지치지도 않고 기름 위로 떠
올라서 날 시험에 빠뜨린다.

〔1번〕 눈을 떠보니 웬걸, 시간이 과거로 되돌아왔다?
무슨 운명의 장난인지 하필 라면 끓이기 직전이다. 나
를 끔벅거리며 바라보는 이 멍청한 얼굴은 내 구남친!
다음 중 올바른 대사는 무엇일까?

① 라면 먹고 갈래?

② 라면 끓여 줄래?

③ 곱창 사줄래?

④ 한번 할래?

⑤ 너 같은 새끼는 트럭으로 갖다줘도 트럭만 가지
　고 버릴 거니까 이만 꺼져줄래?

흑역사 시험에 100점 맞아봤자 제출 기한을 넘
긴 답안지는 쓰레기일 뿐이다. 뒤늦게 답을 안다고
해도 받아줄 사람도 없다. 내가 살아온 시간들이 아
무리 못났다고 해서 없어지는 것도 아니기에, 나는

그저 아무것도 원망하지 말자고 다짐할 따름이다. 소곱창을 먹고 혈관이 막히는 내 선택을 후회하지 않는 것처럼, 내 속을 꽉 막히게 하지만 한때는 맛있다는 기분으로 만났을 것이 분명한 그들을 미워하지 말자고 되뇌는 것이다. 다만 그 시간을 안주 삼을 뿐이다. 내가 계속해서 씹고 싶은 건 너도 아니고, 후회도 아닌, 곱뿐이란 걸, 계속 곱씹으면서.

매운맛, 보지 말고 먹으며 삽시다

집과 술집 사이에 이물질처럼 회사가 껴 있다. 일을 좋아하는 것과는 무관하게, 회사에서 벌어지는 일들로 가슴이 꽉 막힌다. 예측할 수 없는 온갖 변수들로 야심한 시각에 퇴근하는 날일수록 술집으로 걸음을 옮긴다. 악취나는 부산물 같은 감정들을 끌어안고 집에 누워봤자 체할 뿐이니까. 온종일 일했다면 새벽까지는 마셔줘야 워라밸이 맞는다.

회사를 8년이나 다녔는데 나는 아직도 적응 중이다. '광고대행사니까 광고 만든다'고 굵고 짧게 대답할 수 있다면 좋을 텐데, 광고대행사의 일은 순살 치킨처럼 뼈와 살이 명확하게 분리되지 않는다.

나의 직무는 AE다. Account Executive의 약자인데, 이게 대체 무슨 뜻인지에 대한 의견은 분분하다. 내 경험상 AE는 Animal Effect의 약자다. 정글 같은 광고 회사에서 살아남고 싶다면 인간의 탈을 벗어야 한다! 개처럼 일하고, 소처럼 벌어들이고, 말처럼 달려나가고, 토끼처럼 눈치를 살피고, 뱀처럼 빠져나가야 한다. 회의실에서의 AE는 'A안부터 E안까지'란 뜻이다. 선택과 집중, 좋죠. 그러다 프로젝트 취소도 한 방이죠. 뭐라도 제발 걸리라는 마음으로 아이디어를 A안, B안, C안… E안까지 추린다. 추린다는 말은 아이디어를 Z까지 짜냈다는 걸 전제

한다. 광고주 앞에서 AE는 'AgreE'의 준말이다. (광고)주님의 말이라면 뭐든 머리를 조아릴 준비가 된 예스맨이다. 물론 아닌 건 아니라고 해야겠지만, 어차피 그런 건 대놓고 말하면 안 된다. 이 외에도 컨펌 빼고는 다 해야 하는 'Almost Everything'의 약자, '아(A)이(E)씨' 소리가 절로 나오는 직업, 'Aㅏ, Eㅣ 거까지 해야 되나요'의 준말이란 견해들이 있다.

이렇게 말 많고 탈 많은 AE의 고난과 역경은 '광고'보다는 '대행'에서 비롯된다. 광고대행업이란 광고주가 원하는 모든 것을(정말로 모든 것이다. 여기에 대해서는 책을 한 권 따로 쓸 수도 있다. 그러나 내가 쓰고 싶진 않다) 대행하는 일이다. 문제는 대부분의 경우, 광고주 스스로도 무엇을 원하는지 모른다는 것.

이 일은 굉장히 우유부단하지만 부유한 연인과 스무고개를 하는 것과 비슷하다. "오늘 뭐 먹을래?"라고 물어봤을 때, "글쎄. 잘 모르겠고, 밥값은 내가 낼 테니까 이제 내가 원하는 메뉴를 네가 골라보자"는 식이다. 그렇게 스무고개 하듯 연인의 무의식이 원했던 메뉴를 맞힐 수 있다면 그보다 만족스러운 일이 없겠으나, 세상일은 그렇게 녹록지 않다. 그들과 넘어야 할 고개는 자칫 발을 잘못 디디면 언제라도 실족사할 수 있는 데다 도처에 예측할 수 없는 위

험 요소가 산재한 첩첩산중이니까. 무엇보다 광고주
는 연인만큼 사랑스럽지 않고, 사실은 '스무'고개라
불릴 만큼의 기회를 주지도 않으며, 하나의 고개를
넘어가려고 할 때마다 시간을 낭비한다며 몹시 화내
길 서슴지 않는다(그런데 왜 굳이 연인에 비유했냐고 물
으면, 실제 연인보다 더 많이 연락을 주고받고 더 오래 만
나기 때문이다…).

새로운 광고 캠페인을 준비할 때마다 나는 황
무지를 더듬거리는 기분이 든다. 과거에는 신록이
우거져 있었겠지만 무분별한 아이디어 경작으로 인
해 황폐화된 땅. 나아갈 정확한 지점을 모른 채 더
좋은 무언가가 나올 때까지 아이디어를 내야 하는
일은, 앞이 보이지 않을 정도로 모래 먼지가 뒤섞인
바람이 을씨년스레 불어오는 척박한 땅 위를 무작정
걸어가는 것 같다. 그리고 저 멀리, 피할 수 없는 거
대한 태풍이 다가온다(태풍 이름은 대충 '광고주 6차 보
고'쯤 될 것이다…).

버티려고 악써보기도 하고, 맥없이 휩쓸리기도
한다. 8년간 이렇게 살아보니 웬만한 자극에는 꿈쩍
도 안 할 정도로 무뎌졌다. 태풍이 불면 부는구나 싶
고, 갑작스레 멈춰서 내동댕이쳐지듯 일이 중단되어

도 그냥 프로젝트가 취소됐구나 싶다. 광고인보다는 그저 회사인이 됐다는 생각에 쓸쓸할 겨를도 없다. 쓴맛이나 음미하고 있기에는, 일이 선사하는 매운맛이 너무나 강력하기 때문이다. 사람과 사람이 하는 일에서 일만 남고 '사람'에 대한 이해가 빠져 있을 때, 충분한 설명에도 아무것도 듣지 못했다는 듯 왜냐며 화를 낼 때, 예산과 일정상 많은 사람이 함께 검토해서 안 된다고 하는 일도 마치 나의 능력 부족처럼 여겨질 때, 내 잘못이 아닌데도 사과해서 상대방 기분을 풀어줘야 할 때, 가끔은 인격 모독이라고 느껴지는 발언까지 듣고도 회사를 대표하는 직장인인 나는 그저 고개를 주억거려야만 할 때, 그럼에도 불구하고 회사를 관두지 못할 때. 나는 광고인도 회사인도 아니고 그저 사람이고 싶다.

그러기 위해 옆을 본다. 나처럼 관두지 못하는 직장 동료들이 있다. 물론 관두지 않는 거라면 더욱 좋겠다. 하지만 나처럼 관두지 못한다고 멋대로 생각해버리는 것이 내 마음엔 더 좋다.

직장 동료란 단지 옆자리를 채우는 사람이 아니다. 거친 태풍 속에서 손을 맞잡는 사람들이다. 태풍에 그대로 맥없이 휩쓸려 날아간다는 건 변함없을지언정, 동료들과 함께라면 어딘가에 불시착하게 되더라도 혼자는 아닐 테니까. 그렇게 생각하면 마음 사정만큼은 한결 나아진다. 그것만으로도 황무지에서 다음 태풍을 맞을 수 있는 최소한의 기력이 다시 생긴다.

이런 직장 동료들은 좋은 술친구이기도 하다. 고통은 설명하는 것만으로도 고통스러운데, 동료라면 술잔을 맞부딪치는 것만으로도 무슨 말을 하고 싶은지 알기 때문이다. 회사 일이라는 게 괜히 술 땡기는 게 아니며, 괜히 회식 자리가 빈번하게 생기는 게 아니다. 인생의 매운맛을 보여주겠다고 작정한 것 같은 일을 함께 겪고 나면 속이 바짝바짝 마르기 마련이니까. 물론 윗사람의 의전까지 고려해야 하거나 강압적인 회식 자리보다는, 자연스럽게 한잔하자는 분위기가 조성된 술자리여야 더 좋겠지만(술을 좋아한다고 해서 모든 술자리를 좋아한다고 생각한다면 대단한 오해입니다. 그런데 저는 좋아하긴 합니다. 많이많이 찾아주세요).

그렇게 바쁘다면서 술 마실 정신이 있냐고 묻는다면, 네. 다 먹고살려고 하는 일인데 이왕이면 즐거운 게 더 좋지 않나요? 심지어 적당량의 알코올은 창의성에 몹시 도움된답니다. 미국 일리노이주립대 제니퍼 와일리 교수는 창의적인 문제를 푸는 데 가장 뛰어난 것으로 혈중 알코올 농도 0.075%를 제시하기도 했죠.

물론 창의성을 발휘하겠다는 대단한 목적의식을 가지고 술을 마시는 건 아니다. 술은 그저 별일 없이 퇴근해 술집에서 아무 생각 없이 마시고 싶다. 그러나 광고 회사의 하루는 생각만큼 호락호락하지 않다.

구남친도 아닌데 대뜸 자정에 전화벨이 울린다. 새벽 2시면 자야 할 시간인데 회의가 잡힌다. 새벽 5시는 일어나기에도 이른 시간인데 누워보지도 못하고 기획서와 영상을 들여다본다. 광고대행사를 다니는 사람들에게 퇴근이란 회사에서 집으로 돌아가는 물리적인 행위가 아니다. 광고주에게 온 연락을 받는 순간, 언제 어디라도 출근이다.

그렇다면 어쩔 수 없다. 일을 하면서 술을 마시는 게 아니라, 술을 마실 때조차도 일을 한다는 마음으로 과감하게 회의실로 들어간다! 술을 마신다! 근무를 위해 조성된 공간의 탄생 의의를 정면으로 무시해버리자는 소리긴 하지만, 초과 근무 중인 직장인에게 회사가 그 정도는 해줄 수 있지 않나?

회사는 술집으로서 나쁘지 않은 환경을 갖췄다. 모바일 앱에서 클릭 몇 번이면 장소와 시간에 관계

없이 온갖 안주가 배달된다. 연중무휴! 24시간 영업! 모든 윗사람이 아랫사람에게 그리고 모든 광고주가 대행사에게 내심 바랄 듯한 조건의 음식점이 앱 안에 즐비하다. 게다가 인원수가 많은 회식 특성상 가격과 양에 제약받지 않고 마음껏 주문할 수 있다. 혼자 먹을 땐 떡볶이에 사리 한두 개 추가하는 정도로 만족해야 하지만, 함께라면 빨간 양념의 국물떡볶이, 싸상벅볶이, 토세떡볶이, 매운 마라떡볶이에디 소시지, 중국 당면, 오뎅, 튀김, 만두와 같은 추가 사리까지 다 맛볼 수 있다. 술의 주종과 가격도 가맥집 부럽지 않다. 근처 편의점이나 주류점에서 사 오기만 하면 되니까.

이열치열이라는 말대로, 열받는 일이 많을수록 매운 안주가 좋다. 나의 새벽을 가장 많이 위로해 준 건 '아주 매운 맛' 옵션으로 주문한 지코바 치킨이다. 숯불에 구워낸 치킨처럼 얇고 바삭한 껍질에 육즙이 가득한 순살 닭고기들이 빨간색보다 더 빨간 양념 소스에 버무려져 온다. 매워서 견딜 수 없지만 이 맛있는 걸 남긴다는 건 더 견딜 수 없다. 남은 소스에 햇반까지 비벼서 싹싹 긁어 해치운다. 내가 열받아서 속이 아픈 건지 매워서 속이 아픈 건지 모를 정도로 매운 기운이 배 속에서 부글부글 끓어오르지만, 역시 매운맛은 보는 것보다는 먹는 쪽이 낫다. 세상에, 회사에, 내 일에 고통받는 것보다 안주로 고통받는 게 낫다!

입 안에서 난 불을 물로 끄려고 하는 건 어리석은 짓이다. 애써 먹어놓고 다시 가라앉히려고 하다니? 불난 집에 기름을 끼얹는 마음으로 술을 들이붓자. 자극엔 자극, 고통엔 고통으로 대응하는 알코올의 맞불 작전이다. 술잔을 부딪치는 속도에도 점점 불이 붙는다.

종이컵이 알코올에 젖어 너덜거릴 때쯤엔, 오늘의 일은 내일로 미루자는 시덥잖은 낄낄거림이 이어진다. 어차피 일이란 건 생각보다 늦어지면 늦어지는 대로, 빨리 끝나면 빨리 끝나는 대로 문제다. 일본에선 일을 빨리 끝내는 것보다는 적당히 농땡이 치며 정해진 기간 안에 끝내는 것이 중요하다는 글을 본 적이 있다. 어떤 천국에서는 1주일의 기간을 준 일을 하루 만에 끝내면 남은 6일 동안 쉬다지만, 일본에선 그 일을 하루 만에 끝내면 그 수준에 맞춰 일을 더 준다고 한다. 우리나라도 다를 바 없다.

일하기 위해 살지 말고, 살기 위해 일하자. 살아남으면 지독하단 얘길 듣고 나가떨어지면 나약하단 얘길 듣겠지만, 우리 어떤 모습이든 간에 같이 살아 있자. 그러니까 너무 이 악물고 일하지 말자. 이상하면 임플란트 천만 원…. 직장 동료들과 나는 술잔을 부딪친다. 마실수록 내일의 숙취가 분명해진다. 그래도 괜찮다. 서로에 대한 믿음을 발판 삼아 다 함께 한 잔 한 잔 나아가는 것이 회식의 진정한 묘미니까요. 어디엔가 휩쓸리더라도 함께 떨어질 동료들이니까요.

물론 술자리도, 기다리던 일들도 다 깨끗이 마무리한 채 집으로 돌아간다. 회사 8년, 허투루 다닌 것은 아니기에.

바다, 내가 바라던 바(bar)다

해마다 10월이면 부산에 간다. 부산국제영화제 때문이다. 고등학교와 대학교 때는 현장학습으로 갔고, 그 이후엔 누가 출석 체크를 하는 것도 아닌데 '매년 영화제 다니는 사람'이 되고 싶어서 혼자서라도 부산을 찾았다.

영화제는 몸만 간다고 해서 즐길 수 있는 게 아니다. 이름을 알 만한 감독이 찍었거나 톱스타가 출연했거나 해외 영화제에서 이미 수상한 영화의 경우엔, 사전 예매부터 명절 KTX 예매를 방불케 하는 접전이 펼쳐진다. 사전 예매에 실패했다면 현장 판매 표를 노려야 하는데, 이 역시 인기 있는 영화는 꼭두새벽부터 줄을 서야 한다. 나는 숙취에 시달리면서도 하루 정도는 꼭 새벽같이 일어나 '학원전'이란 이름의 부산의 명물 카스텔라를 먹으며 '피켓팅' 대열에 합류했다. 현장 판매로 풀리는 표가 적기 때문에 또다시 실패할 수도 있지만, 매표소 주위를 얼쩡거리다 보면 영화표를 서로 교환할 수 있는 기회도 생겼다. 보고 싶은 영화 하나 보는 것도 쉽지 않지만, 그조차 영화제만의 재미다.

각고의 노력 끝에 보게 된 영화는 대부분 구리다. 차라리 10월의 햇볕과 바다를 좀 더 즐기는 게 낫겠다며 뛰쳐나오기도 하고, 너무 지루한 나머지

첫 신이 지나갈 때쯤부터 미처 해소하지 못한 숙취를 위해 두 눈을 감기도 한다. 물론 운명의 상대라도 만난 것처럼 나의 취향에 200퍼센트 이상 부합하는 영화를 만나기도 한다. 영화제에서 보게 되는 영화는 이상할 정도로 적당하다 싶은 게 없고 아주 별로거나 아주 좋은데, 10년 넘게 영화제를 다니다 보니 이것 역시도 영화제의 묘미라고 수긍하는 지경에 이르렀다. 최고의 영화와 최악의 영화를 만나면서 세계관을 넓힐 기회는 흔한 게 아니니까.

넷플릭스나 왓챠를 통해서 손쉽게 많은 영화를 볼 수 있는 시대가 됐지만, 아무래도 정식으로 예매를 하고, 영화관에 허겁지겁 들어가서(영화제는 늦으면 입장이 안 되거나 자리를 보장받지 못한다), 영화 시작 전 상영하는 영화제 트레일러부터 보기 시작할 때만 느낄 수 있는 분위기가 있다. 코로나로 인해 영화제가 온라인 혹은 인원이 제한된 오프라인으로 진행되는 지금은 더더욱 그리운 감각이다. 2019년엔 내 결혼식이 하필 10월 중순이라, 고등학생 때부터 빼놓지 않고 방문한 부산국제영화제에 처음으로 '결석'하게 됐다. 2020년에 코로나로 영화제가 취소될 줄 알았더라면 결혼식을 다른 날로 잡았을 거다.

하지만 역시 무엇보다 그리운 건, 좋든 나쁘든

여러 의미로 '쩌는' 영화를 보고 나서 그 감정을 달구기 위해 술에 쩌는 일이다! 러닝타임을 함께 견딘 전우와는 그 영화를 안주 삼아 시간 가는 줄 모르고 술잔을 부딪칠 수 있다. 게다가 부산엔, 바다가 있다. 부산국제영화제가 열리는 장소에서 5~10분만 걸어가면 거짓말처럼 등장하는 푸르른 바다! 주정뱅이라면 '바다'라는 두 음절만으로도 마음이 촉촉하게 젖어올 것이나. 밀의 중력으로 파도가 밀려오듯 술을 당기는 마음도 밀려온다. 바다, 내가 바라던 바(bar)다!

다음 영화를 기다리며 막간의 시간을 이용해 한잔 걸치는 술도 맛있지만, 그날의 영화를 다 본 후에 밤늦게 찾는 바닷가의 술은 그야말로 끝내준다. 배부르지만 한 잔 더 하고 싶고, 한 잔만 더 하고 싶은데 늦게까지 여는 술집은 마땅치 않고, 지나치게 거창한 느낌으로 마시고 싶은 건 아닐 때. 바닷가는 '막차'에 요구하는 까다로운 조건을 갖춘, 하루를 제대로 끝낼 수 있게 해주는 너그러운 술집이 되어주니까.

모든 술집이 문 닫은 시간에도 술을 마시겠다며 파도처럼 밀려든 주정뱅이들이 백사장 곳곳에 흩뿌려져 있는 바닷가. 영업시간이랄 것도 없이 끝없이 철썩거리며 사람들을 가리지 않고 반겨주는 파도 소리와, 바다 앞을 도톰하게 감싸고 있는 모래사장 이라니. 양말까지 벗고 맨발로 술을 마셔도 그저 자연스러운 술집은 바닷가뿐일 것이다(게다가 마음이 내키는 순간 얕은 파도에 족욕도 가능하다. 반신욕은 위험하니 금물입니다…). 온종일 발을 쥐고 있던 신발 대신 부드러운 모래가 맨발을 감쌀 때면, 마음은 얕은 바람에도 쉽게 흩어지는 모래처럼 사르르 풀어지고야 만다. 여기선 비틀거려도, 넘어져도 문제없다. 모래라는 훌륭한 충격 완화제가 펼쳐져 있으니까. 이토록 안온하고 다정한 술집이 어디 있단 말인가!

밤바다는 한없이 새카맣지만 무섭지는 않다. 수평선에 내려앉은 어둠으로 인해 바다와 하늘의 경계가 사라지면 거대한 까만 이불이 세상을 둘러싼 것 같고, 그 앞에서 술을 마시면 마치 제집 안방에라도 앉은 듯한 포근한 기분이 든다. 나 자신과 술과 내 동행인에게만 오롯이 집중할 수 있는 바(bar), 그 자체다. 지점도 여럿 있다. 해운대 바닷가가 다르고, 광안리 바닷가가 다르고, 송정의 바닷가가 다르며, 내가 모르는 곳의 바닷가는 또 다른 운치를 가지고 있을 테니까. 매일매일 갈 수 있는 바다 술집이 다르니, 부산은 축복받은 도시다.

게다가 10월의 부산에서는 성수기 해수욕장에서 풍기는 땀내와 비린내 대신 짭조름하면서도 산뜻한 공기와 축제 특유의 열기를 느낄 수 있다. 해변가엔 영화제 깃발이 나부끼고, 거리마다 영화계 인사들과 관광객이 한데 뒤섞인다. 나와 한 공간에 있는 누군가가 세계적인 감독이라거나 적어도 명작을 만드는 데 공헌한 사람이라고 상상하면 자연스레 들뜬다. 나도 한때 영화를 찍었고, 가능하다면 계속 찍고 싶다고 생각했으니까.

　　나는 특성화 고등학교를 나왔다. 조금 일찍 공부 말고 다른 선택지를 마음에 품은 친구들이 모이는 학교였다. 내가 속한 '영상 연출과'에서는 영화를 비롯한 다양한 영상물 제작을 배울 수 있었다. 당시엔 스마트폰이 대중화되기 전이었기 때문에, 체계적인 교육 아래 값비싼 영상 장비를 다뤄볼 수 있는 건 가뭄의 단비 같은 기회였다.

　　나를 포함해 영화감독을 꿈꾸는 십대 친구들은 모두 진지했다. 우리는 직접 시나리오를 쓰고 서로의 스태프가 되었다. 배우를 구하기 위해 선후배를 물색하고, 영화 제작 사이트에 모집 글을 올려 오디션을 보기도 했다. 준비하는 데도 몇 달 걸렸지만,

촬영과 편집에 드는 시간도 만만치 않았다. 무엇보다 가장 부담스러운 건 제작비였다. 그전까진 내 밥값도 벌어본 적 없었는데, 촬영 현장에서는 스태프들의 삼시세끼까지도 책임져야 했으니까.

내 인생 최초의 스트레스성 위염과 함께 탄생한 영화는 꽤 많은 청소년 영화제에서 수상했고, 무려 전주국제영화제에서도 상영됐다. 무대에 올라 꽃다발과 상장을 받을 때와 처음 관객과의 대화(GV)를 할 때의 벅찬 감동이 여전히 생생하다. 그 감동이 다음 영화까지 이어졌다면 좋았겠지만, 나는 3학년이 되면서 아주 현실적인 문제에 부딪혔다. 남은 생을 이 일로 벌어먹고 살 수 있겠냐는 고민이었다(그때도 나는 먹는 것이 제일 중요했다). '영화인'이라고 하면 부유하게 사는 전문직보다는 가난 속에 고통받는 이미지가 떠올랐고, 성공한 영화인이라고 해봐야 어느 정도 나이 든 대기만성형밖에 없는 것 같았다. 과연 나는 내 아리따운 젊은 시절을 영화를 위해 포기할 수 있을 것인가? 애초에 내가 성공하려고 영화를 하고 싶었나? 살아온 인생보다 남은 인생이 긴데, 고작 고등학생인 내가 어떻게 내 미래를 제대로 가늠하고 결정한단 말인가?

고심 끝에 나와 친한 사람 중 가장 나이가 많은

이, 즉 나와 연애하던 선배에게 물었다.

"선배는 왜 영화를 하고 싶은 거예요?"

"컵라면만 먹고 살아도 좋다고 생각했거든."

가장 듣고 싶지 않았던 대답이었다. 나는 실제로 선배의 영화에 스태프로 참여하며 컵라면만 먹었던 적이 있었으니까! 시뻘건 컵라면 국물을 다 마시고서도 허기가 사라지지 않아 밑에 가라앉은 스프 가루까지 핥았던 일을 다시는 반복하고 싶지 않았다. 전 재산을 털어서 만든 영화가 손익분기점을 넘기지 못한다면, 아니 그전에 투자도 제대로 못 받고 영화제 공모만 전전한다면 정말로 평생 컵라면만 먹으면서 살게 되는 거 아닌가? 선배는 사실 이건 허풍이고, 라며 황급히 말을 이었다.

"대기업에서 사람들의 인정을 받고 고속으로 승진하다가 회사에서 그 공로를 치하하여 받게 된 해외여행 비행기 표가 있어. 그리고 나이 마흔이 다 되어서도 변변한 재산도 없이 가진 거라곤 영화 시나리오 한 편뿐이지만, 모든 것을 걸고 영화로 만들었더니 해외 영화제에서 초청작으로 선정돼 받은 비행기 표가 있어. 네 손에 어떤 비행기 표가 있으면 좋겠어?"

선배의 대답은 들을 것도 없이 후자였다. 선배

는 가장 허름한 미래 앞에서도 주눅 들지 않았다. 재능을 의심하기보다 하고 싶은 것을 하고 싶다고 생각하는 모습이 멋있었다. 그에 반해 나는 재미없는 영화를 찍을 용기도 없는 겁쟁이였다. 좋아하는 것과 잘하는 것의 교집합이 생각만큼 크지 않을까 봐, 죽을힘을 다해 시도했는데도 실패할까 봐, 실패하면 남들에게 비웃음당할까 봐 두려웠다. 인생 내내 혀가 마비될 것만 같은 컵라면만 먹게 될까 봐, 그러다 영화를 좋아하는 마음까지 마비될까 봐, 그랬는데도 해외여행 비행기 표 한번 손에 못 쥐어보고 죽게 될까 봐 무서웠다.

그 질문에 선뜻 대답하지 못했던 나는 영화와는 전혀 관련 없는 대학에 진학했다. 선배와의 연애도 함께 막을 내렸다. 선배를 좋아하는 나도, 선배를 멋있다고 생각하는 나도, 영화를 만드는 나와 함께 떠났다. 다만 10월의 부산 바닷가에서 짭조름한 공기를 맡으며 술을 마실 때마다 나는 여전히 과거의 짠 내 나는 기억에 젖어든다. 내가 영화를 계속 찍었다면 어땠을까? 만약 지금 내가 영화제에 초청받아서 온 거라면 어떤 기분일까? 선배의 대답은 여전히 같을까? 이렇게 매년 영화제를 오면 언젠간 선배의 영화를 우연히 보게 되는 날이 올까?

그땐 컵라면이 이렇게까지 종류가 많아질 줄 몰랐지…. 컵라면 종류가 많았다면 좀 더 오래 버텼을까, 우스운 상상도 해본다. 아직도 살아온 인생보다 살아야 할 인생이 많은 나는, 그때로 돌아가도 같은 선택을 할 것 같다. 지금은 영화를 그만두겠다고 결심한 그 시절의 마음보다, 재작년 10월 부산의 바닷가에서 못다 마신 한 잔의 술이 더 아쉽다.

사막에서 바늘은 못 찾아도 술을 마실 순
있지

"걔가 타는 소맥에선 풋사과 맛이 나."

　진지하게 말하는 나를 보며 친구는 고개를 절레절레 저었다.

　"사랑이네."

　고작 이런 게 사랑이 될 수 있다니, 친구가 단단히 돈 게 틀림없다고 생각했다. 소맥을 기가 막히게 마는 그때의 '걔'와 결혼해서 살고 있는 지금, 나는 확신한다. 지구가 나 모르게 돌고 있듯이 나 역시도 돌아버린 것이다.

　그때의 걔, 승용이 말아준 소맥은 나의 음주 인생에 큰 영향을 미쳤다. 맥주잔에 소맥을 가득 채우면 점점 찬 기운이 가셔서 빨리 마셔야만 하는데, 그러다 보면 배가 금세 부르기 마련. 승용은 딱 한입에 털어 넣을 수 있는 양의 소맥을 제조한다. 소주잔 두 개를 겹친 다음 겹쳐진 부분만큼만 소주를 따르고, 그 위에 소주잔 높이만큼 맥주를 붓는 계량 방식을 사용한다. 이 행위를 계량이라고 부르긴 하지만 실제로는 눈대중이나 손대중에 더 가깝고, 그래서 주정뱅이가 원하는 만큼 소주의 비율이 높아진다는 점이 포인트다. 나는 건네받은 술잔을 손목 스냅으로 빠르게 휘휘 돌린 다음, 입이 아니라 목구멍에 곧장 털어 넣듯이 과감하게 마신다. 그럼 분명 소주와 맥주였던 액체는 청량하고 상큼한 풋사과 맛을 낸다.

승용과 나는 자주 만나 소맥을 마셨다. 안주가 목구멍 위로 넘칠 만큼 배가 부르면 소주만으로 술자리를 이어갔다. 승용은 소주를 맛있게 따르는 재능도 있었다. 승용이 돈 것 같은 눈빛으로 소주병을 돌리면 병 속에서는 광기 어린 회오리가 휘몰아쳤다. 그 소주를 마시면 알코올의 회오리가 몸속으로 그대로 옮겨 온 것처럼, 코가 찡할 정도로 자극적이면서도 달달한 기운이 손가락 끝까지 전해져 온몸에 불끈불끈 힘이 솟았다. 술이 맛있어서 애가 좋은 건지, 애가 좋아서 술이 맛있는 건지. 마음도 덩달아 일렁거렸다.

승용과 함께라면 나는 여벌의 간을 가진 사람처럼 굴었다(단순히 그의 소맥만 제 역할을 해낸 게 아니다). 나는 예나 지금이나 술을 잘하는 편이 아니다. 술을 많이 마시기는 하지만, 보통 '술을 잘한다'고 하면 같은 시간 같은 양을 마셔도 덜 취하는 것을 뜻하니까. 무작정 마시기를 거듭하다 보면 더 잘할 거라는 믿음으로 수많은 술집과 이름 모를 거리에서 쓰러지고 토하고 구르며 진상과 숙취 사이를 쉴 새 없이 오갔다. 그럴수록 좋아하는 것과 그걸 잘하는 것은 엄연히 별개라는 사실만 깨달았을 뿐. 너덜거리는 미련한 나를 수습한 것은 언제나 승용이었다.

언제 어디서 마셔도 승용이 있다면 나는 멀쩡한 곳에서 눈을 떴다. 순간 이동 마법을 익힌 게 아닌가 싶을 정도로, 술을 마시다가 눈을 깜박하고 감았다 뜨면 다음 날 아침 침대에 있었다. 술집에서 집으로 돌아오는, 가장 재미없는 부분만 간주점프할 수 있는 희열은 겪어본 사람만 알 것이다. 언제부턴가 나는 승용을 믿고 마셨다. 승용이 오기 전까진 집에 제대로 돌아가야 한다는 생각에 마시는 속도를 조절했지만, 그가 등장하면 고삐는 승용에게 넘긴 채 최선을 다해 달렸다. 그는 어디에 있든 그곳을 술집으로 만들지만 동시에 나를 집으로 돌아오게 해주는 사람이었다.

"평생 내 술친구가 돼줄래?"

잔을 거듭하면서 친구에서 애인이 된 승용이 한 말이다. 그 말을 듣자 두근거리는 것은 심장이 아니었다. 간이 설렜다. 프러포즈도 술맛 나게 할 줄 아는 친구. 수없이 많은 테이블을 거치고 때론 길바닥의 의자나 돌도 테이블로 탈바꿈시키며 술잔을 부딪쳐온 내 소중한 술친구. 그와 함께라면, 처음 가보는 어떤 술집의 문도 겁내지 않고 열 수 있을 것 같았다.

　승용이 직접적으로 결혼하자고 말했다면 나는 선뜻 대답하지 못했을 것이다. 누군가를 좋아하게 되면 머릿속으로 1분 안에 지구의 곳곳을 술병을 들고 함께 누비는 상상을 하지만, 현실은 상상과는 다르니까. 사랑하는 마음과는 별개로 결혼이란 제도에 속하기는 싫었다.

　아직도 사회에선 두 이성애자의 결혼을 자연스러운 인생의 수순으로 여긴다. 그런데 신기하게도 이 사회에 속한 대다수의 사람들은 그 당연하다는 결혼을 말린다.(물론 친인척은 제외지만… 그들도 피가 섞이지 않는 사람들에게는 결혼하지 말라고 당부하고 있을 것이다). 나는 결혼 생활이 어떠냐는 물음에 한숨부터 짓던 남자들을 많이 봐왔다. 그들은 당연히 분담해야 할 육아와 집안일을 두고서 자유가 없다는 둥 헛소리나 해댔고 결혼하기 전에 많이 놀아두라며 허세를 부렸다. 결혼을 만류하는 여자들의 말에선 삶의 찌든 때 같은 진심이 진득하게 묻어났다. 그들은 결혼이란 개인 대 개인의 결합이 아닌 사회적 제도와 유구한 가부장제 아래 가족끼리 만나는 일이라는 걸 거듭 강조했다. 각종 콘텐츠에 등장하는 수많은 며느리들 역시 결혼하지 말라며 한마디씩 보태는 것 같았다. 아니 땐 굴뚝에 연기 나겠냐는데 뻔히 알면서도 가부장제의 땔감으로 살다 재로 산화되고 싶은 여성은 없을 것이다.

결혼을 논할 때 한 세트처럼 따라오는 출산의 압박도 만만치 않다. 내 밥그릇 하나도 챙기기 힘든데 애까지 낳는다고? 나라에서는 여성을 임신용 개체로 취급하며 가임기 지도 따위나 만들고, 어린 여자아이를 성폭행한 범죄자는 바깥에서 버섯이 돌아다니고 있는데? 나중의 외로움을 운운하는 말도 같잖다. 배우자든 아이든, 다른 '사람'은 외로움 해소를 위해 존재하는 인형이 아니다.

결혼이 망설여지는 이유는 정말 끝도 없다. 누군가를 좋아하고 함께 살고 싶은 마음을 무언가를 감수해야만 하는 것으로 만드는 모든 것이 야속할 따름이다.

그런 나에게 승용이 말한 것이다. 평생 술친구가 되자고. 내가 바보가 아닌 이상, 승용의 말은 결혼이란 제도에 편입되자는 프러포즈라는 걸 모를 수가 없었다. 결혼하자고 직접적으로 말하면 거절할까 봐 다른 문장을 찾아낸 게 너무 가소로웠다. 동시에 그 정도는 모른 척 속아주고 싶었다. 이미 그는 내 최고의 술친구이자 내 여벌의 간이었으니까.

어떻게 진행됐는지도 모를 결혼식을 마친 후 우리는 모로코로 갔다. 우리가 지낸 곳은 드넓은 사하라사막 한가운데 외딴섬처럼 설치된 캠프였다. 세상에서 가장 넓은 사막에서 둘만의 오붓한 시간을 기대했으나, 실제로 마주한 사막은 사뭇 달랐다. 사방을 둘러봐도 모래뿐인 삭막한 사막에서 느껴지는 분위기는 로맨스보다는 호러 장르에 가까웠다. 마치 외딴 행성에 둘만 뚝 떨어진 것 같기도 했다. 신혼부부 앞에 펼쳐질 황량하고 냉정한 미래를 암시하는 풍경인 걸까? 좋은 결혼이란 사막에서 바늘 찾기라는데, 이제부터 바늘 찾기 시작인 건가?

낮 동안 불타오르는 것처럼 뜨거웠던 사막은 밤이 되자 순식간에 싸늘해졌다. 맨발을 달구던 모래는 얼음장처럼 차가워졌고, 부드럽게 흩어지던 모래는 대리석처럼 단단해졌다. 칠흑 같은 어둠에 덮인 거대한 사막은 미지의 심해처럼 일렁거렸다. 해의 기울기에 따라 순식간에 온도가 달라지는 대지는 사람의 감정 변화와도 닮아 있어서, 우리는 서로가 도망갈세라 손을 꼭 맞잡았다.

한없이 어두워지고 나서야 보이는 것도 있었다. 서울에서는 도시의 불빛과 먼지에 가려져 보지 못한

별들이, 은하수가, 눈치채지 못한 사이에 빼곡하게 빛나고 있었다. 나는 쏟아질 것 같은 은하수 아래에서 술을 마시며 연인의 몹시 고전적인 대화 방식 중 하나인 내별네별(저 별은 나의 별, 저 별은 너의 별, 따위의 문장을 주고받는 대화다. 별에 주인을 지정하며 우주를 발밑에 두는 내용으로서, 손쉽게 행성 단위로 선물을 건네며 로맨틱한 분위기를 고조하는 데 알맞다)을 시도했다.

혜경: 와 진짜 별 많다. 저기 은하수도 있어.

승용: 저기서 어느 별이 제일 밝아 보여?

혜경: 음… 저기 있는 저 별?

승용: (실눈으로 별을 쳐다보며) 저건… 위성 같아.

혜경: (조금 화가 나지만 신혼여행을 왔으므로 내색하지 않으려 애쓰며) 오, 그래? 인간이 만든 게 제일 밝네. 역시 인간이 제일 멋지다.

나는 내가 별이라고 한 것을 굳이 위성이라고 지적하는 승용이 미웠다. 그러나 그렇게 초를 치는 승용이 아니었다면 나는 별보다 인간이 멋지다는 이상한 깨달음도 얻지 못했을 것이다. 그게 좋아서 또 술잔을 부딪쳤다. 마시는 건 위스키였지만, 승용이랑 마셔서 그런지 그가 타준 소맥 맛이 났다. 소주와 맥주가 만나서 대뜸 풋사과 맛을 낸 건 일종의 암시 아니었을까. 다른 두 사람이 만나 알 수 없는 회오리 속에서 새로운 맛을 찾아간다는. 우리는 술잔을 거듭 부딪쳤고, 별들은 더 빼곡해졌다.

　무엇이 이상적인 결혼 생활인지 여전히 잘 모르겠다. 가부장제에서 벗어난 것? 명절에 설거지를 하지 않는 것? 시가와 처가 다를 바 없이 공평하게 대하는 것? 둘이 싸우지 않는 것? 아이를 낳지 않고 둘이 잘 사는 것? 아이를 낳아 잘 키우는 것? 나는 사막에서 바늘을 찾듯 모래를 더듬는다. 오랜 풍화를 거쳐 깨알보다 입자가 작아진 모래들은 속절없이 손가락 사이를 스쳐 가고, 나는 내 살을 간지럽히는 수많은 경우의 수를 생각하며 결국 이상향이란 찾을 수 없겠다는 생각에 슬퍼진다. 나는 내가 가늠할 수 없는 모래들의 산 위에서, 미련하게 마시고 토하기를 반복했던 시절을 떠올린다. 그저 퍼마시는 게 잘 마시는 게 아니란 걸 알게 된 나는, 낮과 밤에 따라 급격하게 달라지는 모래의 온도 차이를 알게 된 나는, 고작 지금의 한때가 인생의 전부가 아니라는 것을 아니까.
　결혼 생활을 유지하는 것이 사막에서 바늘을

찾는 일과 비슷하다고 여겨질 때면, 나는 승용과 함께 취할 수 있는 가장 먼 곳이 어디일지 즐겁게 상상해본다. 세상의 끝이라 불리는 지구 최남단 파타고니아, 인간의 한계를 시험하는 남극, 불가사의한 문명의 흔적이 남아 있는 마추픽추, 인류 최후의 에덴동산 아마존 열대우림…. 세상의 절경이라 불리는 곳에서 술을 마신다면, 그 자체로 내가 이 행성에 사는 근사한 이유가 되어주리라. 내가 어디에 있든, 함께 마실 수 있는 사람만큼은 옆에 있을 테니까.

그럼, 그 럼만 있다면 어디든 술집

럼(rum). 이 친구의 첫인상은 좋지 않았다. 처음 알게 된 럼은 검은 박쥐가 그려진 '바카디'였는데, 소주와 맥주를 제외하고 적당히 비싸 보이는 대부분의 술을 '양주'로 통쳐서 생각했던 이십대 초반의 나에겐 어마어마한 상대였다. 기본적인 게 40도인 데다 어떤 럼은 75도가 넘는다니. 20도도 채 안 되는 소주만 마셔도 어질어질한데 저런 술을 마시면 진짜 돌아버리지 않을까? 세나가 소주보나 넞 배나 비싸다! 라벨에 그려진 검은 박쥐는 마치 극독을 나타내는 해골처럼 섬뜩했다. 저걸 대체 누가 어디서 마실까?

'캐리비안의 해적'이 마신다. 영화 〈캐리비안의 해적〉 속 아이라이너를 짙게 그린 까무잡잡한 사내가 엉망진창으로 취해 비틀거리며 뱃머리에서 병째 마시는 술이 럼이다. 소금기 가득한 짠 내를 풍기는 남자가 거친 풍랑과 파란만장한 해적 생활의 노고를 잊기 위해 마시는 독주가 럼이라고 생각하면 그나마 그 무지막지한 알코올 도수를 납득할 만하다.

그리고 때는 2018년. 만약 내가 그 옛날 서인도제도 부근에서 태어났다면, 럼 한 모금 더 마시겠다고 해적이 되었을 거란 생각이 들었다. 럼이 해적의 술이라면, 기꺼이 해적이 되겠어요.

프로외면러의 탄생

"El problema!(문제가 생겼어요!)"

목적지가 대충 비슷한 사람들끼리 합석해서 가는 커다란 밴 형태의 택시 뒷자리에서 돌연 비명이 터져 나왔다. 택시 기사는 다급한 목소리와는 어울리지 않는 속도로 아주 천천히 고개를 돌렸다. 고정하는 걸림쇠가 망가졌는지 트렁크는 반쯤 열려 있었고, 짐들은 쏟아져 내릴 것처럼 위태롭게 흔들리고 있었다. 걱정스러운 빛이 감도는 승객들의 얼굴을 무심하게 돌아본 기사는 고개를 으쓱하더니, 다가가 트렁크를 주먹으로 쾅쾅 내리쳤다. 고치는 게 아니라 화가 나서 부수려는 게 아닐까 싶은 몇 번의 거친 주먹질 끝에 트렁크는 거짓말처럼 다시 닫혔다. 정확히 말하자면 문이 우그러지면서 끼이듯이 맞물려서, 그러니까 정말 어쩌다 보니 열리지 않게 된 것이었다. 기사는 제 할 일을 다 했다는 듯 자리로 돌아가 핸들을 잡았다. 어처구니없는 상황이었으나 택시에 탄 열 명 정도의 승객은 모두 손뼉을 치며 기뻐했다. 낄낄거리는 웃음소리와 함께 스페인어와 영어와 유럽 어딘가의 언어들이 뒤섞였다.

"여긴 쿠바니까."

그전까지 '쿠바'가 그저 한 나라의 이름일 뿐이

었다면, 쿠바에 온 이후 이 단어는 내게 많은 의미로 다가왔다. 쿠바에 온 외국인들에게 쿠바란 '대환장 파티' 그 자체다. 변기엔 커버가 없어 화장실에 갈 때마다 스쾃을 해야 하고, 볼일을 보면 물을 내릴 방법이 없어 나의 가장 추악한 부산물을 그대로 목도해야 하며, 길가엔 사기꾼이 횡행하고, 시간 약속이란 개념은 공공기관을 포함해 그 어디에도 없으며, 만나질은 타야 하는 버스 안에는 조그민 바귀빌레들이 득시글거리고, 한국에선 무슨 상황에서도 일이 해결될 거란 믿음을 주던 인터넷마저 쿠바에선 먹통이다. 당연하다고 생각했던 문명의 혜택들이 사라진 이 대환장 상황에 '파티'란 단어를 붙일 수 있는 건 아무래도 럼 덕분이다. 무슨 일이 벌어졌을 때 극복할 순 없어도 무시할 순 있는 여유가 이 황금빛 술 안에 녹아 있다.

한국에서라면 한 병에 몇만 원이나 할 이 '양주'는 쿠바에선 만 원이 채 되지 않는 값싼 술이다. 어디서나 쉽게 구해서 마실 수 있는 국민적인 술이란 점에서 우리나라의 소주와도 비슷한데, 소주보다 월등히 맛있고 품질도 뛰어나다. 사탕수수즙을 증류해 만든 럼은 공업용 알코올에 화학 감미료를 넣어 혀속임이나 해대는 술과는 근본적으로 다르다. 찐득

하고 부드럽게 혀를 휘감는 럼의 단맛은 아무리 속쓰린 상황에서도 달달한 구석을 찾게 해주는 힘을 지녔다.

단지 맛있는 술이라고만 하기엔, 쿠바에서 럼은 더 특별한 의미가 있다. 럼은 스페인의 식민 지배로 만들어진 대규모 사탕수수 농장에서 강제 노역으로 만들어지던 술이다. 아프리카에서 쿠바로 이동하는 배는 사람들을 짐짝처럼 싣고 끊임없이 오갔으며, 그 과정에서 살아남은 노동자들은 혹독한 땅에서 다시 살아남기 위해 애써야 했다. 그렇게 두 번 살아남은 사람들을 짜내서 만들어진 럼은, 그들이 슬픔을 잊기 위해 마시던 술이기도 했다. 세상에서 제일 값싸게 살 수 있는 행복이자 현실감각마저 마비시켜주는 마법이었으니까. 그리고 바야흐로 2000년대. 아메리카 대륙의 유일한 공산주의 국가로 가난을 면치 못하는 쿠바에서 럼은 더 깊은 사랑을 받으며 그들의 나락을 안락하게 만드는 데 일조 중이다.

음. 역시 나락에 있을 거라면 마음이라도 편한 게 낫지. 쿠바라는 거대한 술집에 들어온 나는 흐뭇하게 고개를 끄덕거린다. 주변이 엉망진창이라고 내 마음까지 꼭 혼잡해져야 하나? 쿠바와 가시적인 정도의 차이가 있을 뿐, 세상은 엉망진창이다. 한국의

공중화장실은 변기 커버도 멀쩡하고 휴지도 넉넉하고 가끔은 비데까지 달려 있지만, 멀쩡한 화장실 안에서 남자들은 여자들을 불법 촬영하고 폭행하고 죽인다. 이러한 범죄에 '묻지 마'란 타이틀을 붙이는 기사들은 그 어떤 것도 묻지 말고 받아들이라는 선언으로 폭력을 완결시킨다.

당장 눈앞에 바퀴벌레가 보이지 않으면 뭐 해. 전 세계를 휩쓴 바이러스에 사람늘은 죽어나가고, 어떤 곳에선 사회적 압박으로 인한 자살률이 코로나로 인한 사망률보다 높다. 인터넷이 빠른 곳에서는 그 속도에 맞춰 비극적인 소식들을 만난다. 사람들은 온갖 이유로 다른 사람들을 죽이고, 이유 없이 동물들을 죽인다. 사람들이 무심코 내다 버리는 쓰레기들은 바다를 떠돌며 온갖 생물을 멸종시킨다. 아는 만큼 보이는 건, 세상의 아름다움보다는 세상의 추악함이다. 더 견딜 수 없는 건 그런 와중에도 내가 살아진다는 것이다.

왜 그렇게 술집에 가냐고들 묻는다. 그럼 집엔 왜 가요? 그게 무슨 소리야, 집엔 가야지. 그러니까 제 말이 그 말이에요. 별일 있어서 가는 건가, 집에 가듯이 술집에도 가는 거지. 하지만 사실, 어떤 날의 나는 이렇다. 술집에 가야만 하는 순간이 있다면, 꼭 그래야만 한다면, 그건 집에 갈 수 없기 때문이다. 집에서 마음 편하게 잠들 수 없을 정도로, 세상에 익숙해지는 내가 끔찍할 때가 있기 때문이다.

그럴 땐 눈을 감자! 고개를 돌리자! 내가 왜 이 꼴을 다 지켜보고 있나! 적당히 모르고, 알아도 모른 척 살자! 내 몸뚱이 하나도 건사하기 힘든데 이 세상에 대해서 뭔 고민을 더 하냐! 그 시간에 목구멍을 타고 미끈하게 흘러 내려가는 럼을 떠올리자! 아니 바로 마시자! 트렁크가 고장 났을 때 드라이버를 꺼내서 고치거나 수리공을 부르는 대신 그냥 쾅쾅 쳐서 문을 닫는 것처럼! 어떻게든 일단 살아남고 보는 게 잘못은 아니잖아!

40도짜리 럼을 소주 마시듯 샷으로 마시면 나는 순식간에 쿠바로 다시 날아간다. 여기는 도심의 도로다. '올드카'라고 불리는 클래식한 택시를 잡는다. 한 푼 한 푼, 끓어오르는 흥정 끝에 택시에 타려는데 문손잡이가 없다. 흔적기관이 되어버리기엔 손잡이는 꼭 필요한 것이 아닌가? 그런 고민을 하려는 찰나 기사는 자연스레 문짝을 뗀다. 딱딱한 시트에 앉아 옆을 보니 양옆으로 네 개가 달려 있어야 할 유리창은 두 개만 남았고, 그나마도 조절이 불가능해 도로의 매연이 차 안으로 뿜어져 들어온다. 안전벨

트는 없지만 다행히 이전에 탔던 택시와 달리 사이드미러는 온전히 붙어 있다. 아니다, 오른쪽 사이드미러는 없다…? 나는 서둘러 눈을 떼고 럼을 한 모금 마신다. 괜찮아, 여긴 럼이니까. 아니 쿠바니까.

바깥은 어둡다. 달리는 차 안에서는 그 어느 것도 제대로 볼 수 없다. 내리막길이다. 기사가 시동을 끄는 소리가 선명하게 들린다. 내가 자전거를 탔던가? 나는 모른 척 다시 럼을 한 모금 마신다. 사동차는 바퀴에 의지해 내리막길을 미끄러지듯 내려가고, 칠흑 같은 어둠 사이로 전자기기 특유의 푸른빛이 기이할 정도로 밝게 뿜어져 나온다. 유일하게 최신 상태인 스피커다. 내리막길 위의 자동차는 여전히 시동을 끈 채 끝없는 어둠 속으로 미끄러지고, 자동차의 기름을 독점한 스피커는 온 도로에 노래를 퍼뜨린다. 내가 자동차가 아니라 스피커에 탔던가? 나는 다시 럼을 마신다. 뭐 어쨌거나 노래도 들으면서 목적지에 도착까지 하면 좋은 것 아니겠어?

언제까지나 외면하면서 살 수는 없다. 하지만 가끔씩 다른 곳으로 고개를 돌려야 긴장 풀린 유연한 근육으로 다시 앞을 바라볼 수 있는 법. 앞을 똑바로 쳐다볼 힘을 얻기 위해 '프로외면러'가 됐다고나 할까. 잠깐만, 지금 내가 뭘 또 외면하고 있는 거죠?

단짠단짠 라이프

럼은 역시 병나발이다. 소주를 병나발 불면 좌절에 빠진 슬픈 주정뱅이가 되지만, 럼을 병나발 불면 꿰가 달라진다. 자조적인 감정을 갖기도 전에 달달한 맛에 기꺼이 속아 넘어가 급속하게 취하기 때문이다. 단맛은 뇌의 스트레스를 풀어준다고 하니 실제로 효능도 있는 셈이다.

럼은 숙성 연수가 길수록 오크통의 영향을 받아 색깔이 짙어지는데, 병째 마시기엔 칵테일의 베이스로 쓰이는 화이트 럼보다는 더 숙성되어 황금빛을 띠는 골드 럼이나 더욱 진한 가죽 빛깔의 다크 럼이 좋다. 화이트 럼에서 단맛의 한 꺼풀을 산뜻하게 맛볼 수 있다면, 골드 럼과 다크 럼은 베일을 벗은 본격적인 단맛을 선사한다. 다른 부재료를 넣지 않았는데도 이미 설탕이나 건과일을 넣고 조린 것 같은 달콤하고 향긋한 풍미가 일품이다.

휴양지로 유명한 쿠바의 플라야 히론에는 '올 인클루시브 비치'라는 지상낙원이 있다. 이곳에선 인당 1만 5,000원 정도의 입장료를 내면 바다와 뷔페와 바를 무제한으로 이용할 수 있다. 카리브해를 배경 삼아 바에서 원 없이 칵테일을 마시면 부유한 해적이 된 기분을 만끽할 수 있다(물론 정당한 값을 치르고 먹고 마시는 것이긴 하지만, 다섯 잔을 넘어가면 어쩐지 이 평화로운 저장고를 약탈하는 느낌이 드는 것이다…).

'무제한'은 질보다 양이라는 뜻으로 쓰일 때가 많지만, 술에 진심인 나라 쿠바에서는 의심하지 않아도 된다. 럼 한 병을 5,000원도 안 되는 가격에 살 수 있기에 어딜 가나 칵테일에 아낌없이 듬뿍듬뿍 넣어주니까. 병이 바닥과 수직이 되도록 일직선으로 꺾은 손목을 보고 있노라면, 바텐더가 손목이 안 좋아 실수를 하는 게 아닐까 하는 생각이 들 정도다. 어떤 바텐더든 무심한 표정으로 당연스레 술을 쏟아붓는다.

럼으로 만들 수 있는 칵테일은 무궁무진하지만, 역시 시작은 모히토다. 갓 딴 듯 싱싱한 민트 잎을 잔뜩 넣은 모히토는 향부터 다르다. 살아 숨 쉬는 신선한 허브의 힘을 받아, 럼은 증류의 시간을 잊고 신선식품으로 탈바꿈한다. 모히토로 싱그러운 활기를 찾은 다음엔 피냐 콜라다다. 파인애플 조각, 파인애플 리큐어(liqueur), 럼을 한데 모아 믹서기에 갈아낸 다음 럼을 한 번 더 콸콸 부어주고 시나몬 가루를 뿌리면 완성. 물놀이를 하고 나면 피곤해지는 몸에 활력을 때려 넣어주는 달달한 영양제라고나 할까.

피냐 콜라다만 내리 열 잔을 마신 다음에는 불

룩 나온 배를 비치 타월로 가린 채 럼을 샷으로 홀짝
인다. 특히 바다에서 수영을 하고 마시는 럼은 그 자
체로 훌륭한 칵테일이다. 카리브해의 바닷물이 입술
에 남긴 짭짤한 소금기 덕이다. 그러니 바다에서 나
오자마자 럼을 마시면 바다의 짠맛과 럼의 단맛이
어우러져 그야말로 천연의 단짠단짠을 즐길 수 있
다. 배 위에서 럼을 병나발 불던 해적들의 마음을 조
금이나마 이해할 수 있는 순간이다.

물론 럼의 맛을 극대화하는 짠맛은 바다에만
있는 게 아니다. 인생의 짠 내란 바다와 땅을 가리지
않고 찾아오니까. 그럴 때 인생을 다시 살맛 나게 만
들어주는 건 달달한 럼 한 모금이다. 쿠바 사람들은
언제나 배 위에서 흔들리듯 흥겨운 음악에 몸을 맡
기고 럼을 마시며 행복한 얼굴로 웃는다. 뚜렷하게
보이는 행복은 맛있다. 럼이 없으면 땀과 눈물로 짭
짤해진 하루를 견딜 수 없게 되었더라도, 단짠단짠
이 맛있다는 건 불변의 진리다.

나는 쿠바에서 많은 사람을 만났다. 그들은 어
디서든 음악을 연주하며 노래를 불렀고, 리듬이 공
기를 가르는 순간 그 흐름을 거스르고 가만히 있다
면 모욕이라 여기는 듯했다. 그들은 언제나 유일한
외국인인 나에게 손을 내밀길 주저하지 않았다. 나

는 처음 만난 그들의 손을 잡고 그들의 품에 안기고 웃음의 입꼬리를 넓히며 그들의 발에 맞춰 빙글빙글 돌았다. 나는 그들에게 럼을 건넸다. 그들은 주머니에 럼을 넣고 다니는 나를 레알 쿠바나(Real Cubana, 진짜 쿠바 여자)라 부르며 좋아했다. 응, 나는 쿠바나야. 언제든 짠 내 나는 현실에 럼을 곁들일 준비가 되어 있지. 남의 손에 내 몸을 맡기고 어지럽게 돌아가는 게 인생의 흐름인 줄도 알아.

나는 항상 건배할 준비가 된 쿠바 사람들과 끝없이 잔을 부딪쳤다. 그 모든 잔은 내가 꿈꾸던 주정뱅이의 이상향처럼 행복으로 가득했지만, 마음 한구석은 곧 폐장할 놀이동산의 마지막 영업일을 지키는 사람이 된 것처럼 불안해졌다. 그들은 내가 외면한 쿠바의 일상으로 돌아갈 것이고, 나는 고개를 돌린 채 한국으로 돌아갈 것이기 때문에. 나는 레알 쿠바나가 아니라, 그들의 일상을 딛고 럼을 마시는 부유하고 인심 좋은 해적이니까.

몇몇과는 친구가 되기도 했다. 바라코아에서 만난 게이들이 그랬다. 바닷가 앞의 정자에서 나에게 손을 흔드는 그들에게 다가가 그들이 건넨 럼을 마신 순간, 나는 그 도시에서 세웠던 계획을 전부 취소했다. 나는 거리에서 럼을 마시며 그들에게 살사를 배웠고, 새벽까지 뜬눈으로 클럽을 오가며 스텝을 밟게 만드는 수많은 손들을 붙잡았다. 다음 날엔 허리케인이 휩쓴 강가에 갔다. 그들은 날 대접하겠다며 강물에 고기를 씻고 나무를 잘라 와서 불을 지피고 낯선 쿠바 요리를 만들었다. 나는 강을 따라 떠내려가는 핏물에 커다란 새들이 모여드는 것을 보며 럼을 마셨다.

그들은 동네에서 가기 좋은 술집과 쿠바식 안주와 쿠바식 스페인어와 살사 스텝과 함께 놀기 좋은 친구들을 끝없이 소개했다. 나는 그때마다 럼으로 응답했다. 그들이 내게 뭔가를 알려주는 것이 럼을 얻어 마시기 위해서인지 그냥 내가 좋아서인지 때때로 헷갈리기도 했다. 이들은 다정한 사기꾼과 진실한 친구, 둘 중에 무엇일까. 그런데 어차피 곧 떠날 나에게 그게 중요한가?

관광객과 현지인이라는 헐거운 사이를 끈끈하게 묶을 만한 약속이 오갈 때도 있었다. "내일 아침 열 시에 공원에서 만나." 그렇게 말하고 헤어지면, 우리는 어김없이 그즈음에서 만날 수 있었다. 우리는 카페와 술집과 클럽과 때론 이름 모를 거리에서 만나 럼을 마셨다. 말로 꺼내면 돌이킬 수 없이 현실이 되어버리는 이곳이 점점 무서워질 즈음, 나는 아침에 만나자고 했던 그들과의 약속을 지키지 않고 다른 도시로 떠났다.

알고 있었다. 나는 아무리 웃고 떠들어도 다음을 기약할 순 없는 관광객이란 걸. 인생은 무궁무진하고 갈 곳은 많으니, 나는 애초에 이 나라에 내 다음을 둔 적이 없다는 걸. 쿠바의 사람들은 수없이 많은 관광객을 스쳐 보내는 사람들이니 적당히 알아들을 것이라고 믿으면서, 때론 그럴 수 없는 사람들도 있다는 것을 애써 무시하고 있었다는 걸. 어쨌든 나는 거짓말쟁이란 걸.

산티아고데쿠바에서 태어나 줄곧 45년을 산 올란도는 한평생 관광객을 만난 사람이었다. 내가 그를 만난 건 손바닥보다 더 작은 잔에 나오는 50원짜리 커피를 마시는 카페에서였다. 좁은 카페라 합석할 수밖에 없었는데 같은 테이블에 앉아 내가 자비처럼 베풀고 있던 럼을 마시지 않겠다고 한 남자가 올란도였다. 그는 술을 끊은 지 오래되었다고 했다.

쿠바에 사는 사람이 술을 끊는다는 건 어떤 의미일까? 쿠바에서 술을 마시지 않는다는 건 인체의 70퍼센트가 물이지만 더 이상 물을 공급하지 않겠다고 선언하는 것 같았다. 우리의 대화는 그런 의문을 품고 시작해, 어설픈 스페인어와 영어와 구글 번

역기를 거쳐 뻔한 마무리를 향해 달려갔다. 나눌 문장이 끝나서가 아니라 이쯤 되면 적당히 대화를 마무리하고 헤어져야겠다 싶을 때, 나와 애인은 그에게 말했다. 쿠바에서 만나 술잔을 부딪친 사람들에게 언제나 그랬듯이, 다음에 보자고. 그는 답했다. No promise, 다음을 약속하지 말자고. 그는 이어 말했다.

No podemos entender, podemos entender. 우리는 (서로를) 이해할 수 없어서 더 많은 것을 이해할 수 있어.

Recuerda este momento para siempre. 지금 이 순간을 영원히 기억하자.

까무잡잡한 얼굴에 짙은 아이라이너를 하고 배를 타면 해적인가. 쿠바에서 나는 해적인 줄 모르는 해적이었다. 차라리 대놓고 해적인 게 낫지, 나는 해맑게 그들의 행복을 야금야금 약탈하는 사람이었다. 럼을 들고 다니면서 작은 것에도 쉽게 행복해하는 그들을 사랑스러워하며 럼을 나누고, 작은 것에도 쉽게 만족하는 그들을 부러워하며 럼을 마셨다. 나는 이곳에 정박하지 않고 언제든 떠날 준비가 된 사람이었다.

내가 흘러가듯 사는 곳에서 누군가는 자신이 선 곳을 단단하게 만드느라 애쓴다. 쿠바뿐만 아니라 한국에서도 마찬가지다. 어떤 사람들은 언론이 관심 갖지 않는 뉴스를 알리기 위해 고군분투하고, 자신의 일상을 통째로 드러내는 청원을 올리고, 다른 피해자가 나오지 않게 자신의 현재와 미래를 걸고 앞으로 나선다. 저마다의 힘으로 자신들을 자양분 삼아 세상을 단단한 서식지로 만들어가고 있다. 나는 나 대신 싸워주는 사람들이 있기에 사람답게 살 수 있었다.

나는 쿠바에 돌아갈 것이다. 쿠바는 내가 발 딛고 선 세상의 단단함을 알려준 곳이니까. 그렇기에 쿠바는 내가 아는 한 가장 매력적인 술집이니까. 다음의 나는 그들의 일상을 약탈하는 해적이 아니라 그들의 마음 한편을 더 행복하게 만들 친구로 남을 수 있길 바랄 뿐이다. 다음을 기약하지 말자던, 그럼에도 나에게 주소를 알려주던 올란도를 떠올리면서.

에필로그

『아무튼, 술집』은 합정역 근처의 '합정옥'에서 계약했다. 합정옥은 소주에 최적화된 곰탕을 파는 집이다. 기가 막힐 정도로 간을 딱 맞춘 국물과 소주를 번갈아 입에 넣으면 체내 pH 농도 밸런스가 딱 맞아 들어가는 기분이 들면서, 끝도 없이 소주병을 줄세울 수 있게 된다. 더 마시지 않을 수 없는 기적을 술꾼들은 목구멍으로 그저 겸허히 받아들일 뿐이다. 나 역시 기적과도 같은 출판 계약을 오감으로 느끼고자 카페가 아닌 합정옥을 약속 장소로 정했다.

처음 뵙는 편집자님과 인사를 나눈 뒤 우리는 당연하다는 듯 곰탕과 소주를 주문했다. "곰탕이 나오기 전에 계약서를 씁시다!" "좋아요! 국밥은 한국인의 패스트푸드니까 서둘러보자고요!" 그렇게 소주를 세 병인가 네 병쯤 마셨고, 그 기세를 몰아 망원동 '꼬치주간'으로 자리를 옮겨 하이볼도 마셨다. 간신히 술집에서 집으로 돌아왔을 땐 내 몸과 계약서가 동시에 너덜거리고 있었다. 아무튼 계약을 했다는 게 중요하니까… 만신창이여도 일단 살아 있으면 마시고 쓸 수 있지….

그때만 해도 조금만 지나면 코로나19 팬데믹이 괜찮아질 줄 알았다. 책도 계약했으니 본격적으로 술집에서 살리라 다짐하며 머릿속으로 각종 희망적인 주행기를 잔뜩 그렸다. 원고를 핑계로 더욱 죄책감 없이 술집에서 가산을 탕진할 속셈이었다. 술집에서라면 무엇이든 꿀꺽, 하고 캬, 로 넘겨버릴 수 있었기 때문에, 무심코 가볍게 생각했던 것이다.

불과 1년도 채 되지 않아 술집의 풍경은 완전히 바뀌었다. 특히 밤 10시 이후 영업 제한과 5인 이상 집합 금지는 술집의 수명까지도 좌지우지했다. 별수 없이 집에 있을 때마다, 한때는 가족보다 자주 봤던 술집 사장님들의 얼굴이 떠올랐다. 코로나가 완전히 사라지기 전에는 절대 해소되지 않을 걱정과 내가 감히 가늠할 수 없을 고통이 서린 얼굴이었다.

내가 할 수 있는 것이라곤 그때나 지금이나 먹고 마시는 일뿐. 그러니 내가 마실 수 있는 한, 그러니까 적어도 10시까지는 최선을 다해 마신다! 전처럼 술집에 자주 갈 수도 오래 있을 수도 없기 때문에 술잔을 넘기는 속도에 더욱 박차를 가했다. 이전에도 분명 있는 힘껏 마신다고 생각했는데, 사람의 위대함은 무궁무진했다(물론 그래 봤자 나는 그냥 위가 큰 사람일 뿐이다).

그럼에도 부족하다. 아쉽다. 거리에 아무렇게나 앉아 먹고 마시던 때가, 야심한 시각까지 너그럽게 받아들여 주던 공간들이, 그 시간에만 볼 수 있던 풀어진 얼굴들이 그립다. 무슨 짓을 해도 10시는 너무 이른 시간이다. 환한 대낮부터 마시면 되지 않겠냐고요? 영업시간 제한이 없을 때도 그러고 있었단 말입니다….

충분하지 못한 체내 알코올 함량을 토로하는 술꾼 친구들과 함께 코로나가 만든 새로운 술자리인 줌술도 해보았다. 줌술이란 각자 집에서 숨(Zoom)에 접속해 온라인상으로나마 시간제한 없이 자유롭게 술을 함께 마시는 자리다. 처음에 설명만 들었을 땐 굉장히 세련된 밀레니얼 시대의 술자리를 즐길 수 있을 것만 같았는데, 실제로 가볍게 한잔해보자고 줌을 켰다가 아침 6시에 헤어졌다. 나는 온라인 술자리에서마저 구질구질했던 것이다. 쓰러지기 전까지는 끝을 모르는 무식한 술꾼의 운명이여…. 온라인 술자리의 장점도 분명 있었다. 침대까지 가는 데 대략 1분이면 충분하다는 것, 눈치를 보며 배를 압박하는 단추를 슬쩍 풀 일 없이 하의는 애초에 입지 않아도 된다는 것. 나는 어느 때보다 편하게 뻗으면서도 생각했다. 그래도, 술집에 가고 싶다고.

술집에서 먹고 마신 것들은 적당한 영양소와 많은 똥으로 분해되어 사라지기만 하는 것이 아니라, 마음속에 근사한 집을 짓고 나를 더 배부르고 행복한 사람으로 만드니까. 온갖 술집과 술집이라 불러도 부족함이 없을 바다와 사하라사막과 쿠바 한복판에서 마음껏 취해본 나는 그전의 나와 다르니까. 그곳에서 무럭무럭 자란 내가 미래를 살아가니까.

이 책은 그런 나의 일부가 담긴 기록이다. 제일 좋아하는 술집에 대해 썼다고 생각할 수도 있겠지만 그건 오해다. 그간 나는 '먹마살(먹는다와 역마살의 합성어로, 사전에는 없고 제 삶에는 있는 단어입니다)'이 낀 것처럼 온갖 술집을 쏘다녔으니까. 펑펑 써댄 카드값을 확인할 때면 실수로 남의 술값까지 계산한 게 아닌가 싶어서 카드 앱을 켜보곤 한다. 뭔가 착오가 있을 거라는 기대감과 의심으로 화면을 끊임없이 스크롤해보지만, 지출 내역은 마치 식단 일기처럼 온통 먹고 마신 하루들로 가득 차 있다. 카드 내역에 찍힌 술집 이름들을 계속 보고 있으려니, 가서 술이나 마시고 싶다. 여기 참 맛있었는데….

그래서 지금, 내가 더 나은 사람이 되었는지는 모르겠다. 배가 고플 때도 배가 볼록하게 불러 있는 삼십대가 된 것만은 확실하다. 그래도 괜찮다. 배가 고파도 배부른 기분을 느끼게 해주는 사람들이, 배가 고프다면 언제든 그 속을 다시 든든하게 채워줄 술집들이 기다리고 있으니까. 나에겐 언제나 다음의 안주가, 다음의 잔이, 다음의 술집이 있다!

나를 만든 세계, 내가 만든 세계
'아무튼'은 나에게 기쁨이자 즐거움이 되는,
생각만 해도 좋은 한 가지를 담은 에세이 시리즈입니다.
위고, **제철소**, **코난북스**, 세 출판사가 함께 펴냅니다.

아무튼, 술집

초판 1쇄 2021년 6월 21일
초판 3쇄 2022년 9월 1일
지은이 김혜경
펴낸이 김태형
펴낸곳 제철소
출판등록 제2014-000058호
전화 070-7717-1924
팩스 0303-3444-3469
제작 세걸음

right_season@naver.com
facebook.com/from.rightseason
instagram.com/from.rightseason

ISBN 979-11-88343-47-8 02810